LES ROCHES ROUGES

ÉGALEMENT CHEZ POCKET

3/13

Olivier Adam

Né en 1974, Olivier Adam vit actuellement à Paris. Son premier roman, *Je vais bien, ne t'en fais pas* (Le Dilettante, 2000), a été adapté pour le cinéma par Philippe Lioret avec Mélanie Laurent. Olivier Adam a participé à l'écriture du scénario et le film a obtenu deux césars en 2007. Ce premier livre ouvre un diptyque sur le thème de la disparition, qui se poursuit avec *À l'ouest* (Éditions de l'Olivier, 2001). Également scénariste (notamment *Welcome*, avec Vincent Lindon) et auteur pour la jeunesse, Olivier Adam a ensuite écrit *Poids léger* (Éditions de l'Olivier, 2002), adapté au cinéma par Jean-Pierre Améris, *Passer l'hiver* (Éditions de l'Olivier, 2004), qui a reçu le Goncourt de la Nouvelle, *Falaises* (Éditions de l'Olivier, 2005), *À l'abri de rien* (Éditions de l'Olivier, 2007), prix France Télévision, *Des vents contraires* (Éditions de l'Olivier, 2009), prix RTL-*LiRE* et adapté en 2011 par Jalil Jespert avec Benoît Magimel, *Le Cœur régulier* (Éditions de l'Olivier, 2010), adapté par Vanja D'Alcantara avec Isabelle Carré, *Les Lisières* (Flammarion, 2012), *Peine perdue* (Flammarion, 2014), *La Renverse* (Flammarion, 2016), *Chanson de la ville silencieuse* (Flammarion, 2018), *La Tête sous l'eau* (Robert Laffont, collection « R », 2018) et *Une partie de badminton* (Flammarion, 2019).
Les Roches rouges est sorti chez Robert Laffont en 2020. Son nouveau roman, *Tout peut s'oublier*, a été publié chez Flammarion en 2021.

OLIVIER ADAM

LES ROCHES ROUGES

Robert
Laffont

MIXTE
Papier issu de sources responsables
FSC® C003309

L'éditeur de cet ouvrage s'engage dans une démarche de certification FSC® qui contribue à la préservation des forêts pour les générations futures.

Pour en savoir plus :
www.editis.com/engagement-rse/

ISBN : 978-2-266-31559-3
Dépôt légal : mai 2021

I

de la terre et du sang

J'inaugure ce carnet. Je ne sais même pas pourquoi. Peut-être parce que je n'ai rien d'autre à faire. C'est Antoine qui me l'a tendu avant-hier, sous un beau papier cadeau. Je lui ai demandé pourquoi il m'offrait un truc pareil. Il a répondu qu'il l'avait vu dans une boutique et qu'il avait pensé à moi. Qu'il l'avait trouvé joli. Ça m'a séchée qu'il ait eu cette idée en le voyant dans une vitrine. Ça m'a touchée, aussi. Depuis quand quelqu'un n'avait pas pensé à moi ? Je veux dire : vraiment. Même si, franchement, ce carnet, je ne vois pas le rapport. Mais c'est vrai qu'il est beau. Avec sa couverture en papier coloré. Du papier japonais, il paraît. J'ai dit OK, c'est joli, mais qu'est-ce que tu veux que j'en fasse ? Je sais pas, il a répondu. Tu pourrais noter des trucs dedans. Tenir un genre de journal. Je me suis marrée. Un journal ? J'ai une gueule à tenir un journal ? Pour qui tu me prends ? Et puis je l'ai rangé dans mon sac et on n'en a plus parlé. Mais depuis, j'avoue, ça me trotte dans la tête. Et aussi cette phrase que nous avait dite un prof un jour, qu'il tenait de quelqu'un d'autre, un réalisateur ou un écrivain, je me souviens plus : « La vie est faite de morceaux qui ne se joignent pas. » Elle est putain de vraie, cette phrase. Surtout pour moi. Alors c'est peut-être pour ça finalement que je l'ai ouvert, ce carnet, que j'ai pris un stylo et que je commence à écrire dedans. Pour que les morceaux se joignent un peu plus. Parce que ma vie est un sacré bordel. Et que j'ignore comment j'en suis arrivée là.

Je sais pas trop par où commencer. Peut-être par le jour qu'on est. On débute par ça, en général. Bon. On est dimanche. Et je déteste le dimanche. Alex passe toute la journée à regarder les matchs. Ne s'interrompt que pour sa séance de muscu. Ne m'adresse la parole que pour me gueuler de lui amener une bière. Ou me demander à quelle heure on mange. Il ne veut jamais sortir. Et quand je lui dis que je vais faire un tour avec Gabi, il me répond pas question. Le dimanche, ça se passe en famille et point barre. Alors je reste toute la journée enfermée avec lui, en me demandant à quel moment il va péter un plomb, à quel moment la bière va lui monter à la tête. Un rien suffit. Un caprice de Gabi. Une crise de larmes qui lui tape sur les nerfs. Un mot de travers de ma part. Un de ses putains de polos Lacoste mal repassé. Son costard et sa chemise de vigile mal pliés. Un but encaissé par son équipe préférée. Un coup de fil d'un de ses associés, comme il les appelle, qui le contrarie. La plupart du temps, il se contente de me hurler dessus, de m'insulter. Mais il arrive que ça dérape. Si je lui réponds par exemple. Si moi aussi je me mets à crier. Alors il devient violent. Et quand je lui dis je t'en supplie, pas devant le petit, c'est encore pire, il part en vrille. Mon père était pareil. Il disait qu'il travaillait dur toute la semaine et qu'il voulait pas qu'on l'emmerde le week-end. Il supportait rien. Pas le moindre bruit. Pas le moindre chahut. Pas la moindre trace de vie. Il fallait que ma mère file au pas. Et ma sœur et moi aussi. On n'avait pas le droit de sortir. C'était un peu dingue quand j'y pense. Il supportait pas notre présence et refusait qu'on quitte l'appartement minuscule où on se marchait dessus, où la télé était allumée du matin au soir. Ma sœur et moi, on partageait la même chambre. On avait des lits superposés. Jen occupait le matelas du haut et souvent je la rejoignais. On se serrait l'une contre l'autre et on regardait par la fenêtre les maisons et les immeubles qui s'étendaient à l'infini. La gare RER au loin, l'hôpital et les routes entrecroisées. Jen disait qu'un jour elle s'en irait et elle a tenu parole. Un beau matin je l'ai regardée partir avec son sac sur l'épaule et elle m'a dit adieu, prends soin de toi p'tite sœur. Je l'ai plus jamais revue.

Gabi fait sa sieste. C'est pour ça que j'ai rien à faire à part aligner des mots qui servent à rien dans ce carnet. Disons que ça m'occupe en attendant qu'il se réveille.

Ce matin il toussait. Je lui ai pris sa température. 38. Rien de grave mais je me suis dit merde, je vais pas pouvoir le mettre à la garderie. Je vais pas pouvoir voir Antoine. Putain. Antoine. Qu'est-ce que je fous avec ce mec ? À quoi je joue ? Si Alex l'apprend il va me démonter la tête. Ce serait pas la première fois mais ce coup-ci il aurait une bonne raison. Vu qu'Alex est devenu le genre de mec qui ne voit pas d'inconvénient à ce qu'un homme corrige sa femme quand elle va voir ailleurs. Ou même sans ça. Un vrai mec, ça doit se faire respecter, il dit. Il était pas comme ça quand je l'ai connu. Je sais pas quand il a changé à ce point. Sans doute quand on l'a viré du club et qu'il a pris ce boulot de vigile. Ça s'est fait petit à petit mais je sais pas, je crois qu'à force de fréquenter des mecs qui se prennent pour des durs il s'est mis à se prendre pour un cow-boy lui aussi.

Je me suis arrêtée d'écrire quelques minutes. Juste le temps de lancer une nouvelle machine. D'enfourner le linge dans le tambour. De mettre la lessive. De tourner le bouton. En repassant par le salon, j'ai regardé Alex affalé dans le canapé. Il piquait du nez devant Manchester City-Arsenal. Sur la table traînaient quatre grandes canettes de bière vides. J'ai senti ma gorge se serrer. Toujours cette même oppression, le dimanche. J'aurais tellement voulu que Gabi se réveille. Le prendre dans mes bras. Jouer avec lui à ce qu'il voudrait. L'aider à faire un puzzle. Regarder des dessins animés sur la tablette. Alex m'a lancé un regard de tordu et j'ai fait semblant de pas le remarquer. Je sais bien à quoi il pensait, ce porc. Mais je ne supporte plus qu'il me touche. J'ai récupéré le carnet, je l'ai caché sous mon tee-shirt et j'ai filé direct aux toilettes. J'ai fermé la porte à clé et voilà, je suis là, assise sur la cuvette des chiottes. J'ai même pas baissé mon pantalon. Pas envie de pisser. Juste d'être seule dans une pièce fermée à double tour. J'essaie de respirer. De me délivrer de l'étau qui comprime mes poumons. De l'angoisse qui me noue de l'intérieur. J'essaie de ne penser à rien. Même pas à ce qui m'a menée à vivre cette vie-là. Enfermée dans cet appartement où rien ne me ressemble. Les meubles moches et le carrelage blanc froid comme la mort. Le banc de muscu. Le vélo sans roues, qui n'emmènera jamais personne nulle part. La télé immense. La console de jeu. Mariée à ce type que je déteste et qui m'effraie. Qui me considère comme sa chose, sa propriété, sa boniche. Mère d'un enfant que j'adore. Mais qui aurait sans doute mérité une autre vie. Un autre père. Une autre mère. Mieux armée que moi. Mieux préparée. Plus heureuse. Plus stable. Je m'inquiète tellement pour lui. Il doit bien sentir que j'aime pas son père. Et qu'Alex me traite comme une merde. Comment on grandit dans ces conditions ? Qui devient-on ? Et puis qu'est-ce que j'ai à lui offrir ? Je l'ai eu trop tôt. J'ai plus de boulot. J'ai pas fait d'études. J'ai plus de famille. Mes parents ne veulent plus entendre parler de moi. Ma sœur a disparu dans la nature. Je trompe mon mari avec un mec que j'ai rencontré à Pôle emploi. Un mec marrant mais déjà bien cabossé, je crois. Un mec bizarre et fragile. Qui m'offre un carnet pour que j'y écrive mon journal... Qui me cache des choses, sûrement. Qui lui non plus n'a pas de boulot, pas d'avenir. Qui rêve trop. Il me parle de musique, me dit qu'il compose, qu'il prépare un album. J'ai pas entendu la moindre note jusqu'à maintenant. Il dit qu'il me fera écouter quand ce sera prêt, que c'est en chantier. Au fond je ne sais rien de lui. Ni où il habite exactement. Ni qui il est vraiment. Mais je crois que je m'en fous. Il est doux. Tendre. Drôle parfois. Il ne me fait pas peur. Et c'est la première fois. La première fois que je rencontre un homme, un garçon plutôt, vu comme il fait jeune, chez qui je ne sens pas la moindre trace de rage, de brutalité, de violence. Bien sûr il fume trop de joints. La plupart du temps quand il m'embrasse je sens le goût de l'alcool dans sa bouche. Je vois ses yeux briller et il a souvent l'air d'être sur le point de pleurer ou de se briser en mille morceaux. Mais j'aime ça. Sa sensibilité à fleur de peau. J'ai jamais connu de mec comme ça. C'est sûrement ce qui m'a attirée chez lui. En dehors de sa jolie gueule et de son joli petit cul. Je sais que je suis dingue. À quoi cette histoire peut bien mener ? Si Alex l'apprend il va me démolir. Il ne supporte pas de ne pas savoir où je suis, qui je fréquente, ce que je fais. Il m'appelle à longueur de journée pour vérifier mon emploi du temps. Lui est au boulot, ou occupé à ses affaires avec ses potes. Mais il me surveille quand même. Le jour où je lui ai dit que j'avais trouvé une place en crèche pour Gabi, je me souviens, il a pété les plombs. Il m'a insultée. M'a menacée. A fini par me tordre le bras et par me jeter sur le lit. J'ai essayé de me justifier. J'avais besoin d'un peu de temps pour moi. Du temps pour aller te faire baiser par tous les mecs de la ville, il m'a dit. Du temps pour faire ta pute, il a ajouté. Non, j'ai répondu. Du temps pour retrouver du boulot. Être autre chose qu'une mère. Sortir de cet appartement. Voir du monde... On te suffit pas, c'est ça ? il a craché. Un mari et un fils, un toit sur la tête, ça te suffit pas ? J'ai rien répondu. J'ai pleuré. Il s'est approché et a commencé à me caresser les cheveux, les seins, les fesses. Il m'a dit qu'il allait réfléchir. Mais qu'il fallait que je sois bien sage. Que je sois gentille avec lui. Et il a déboutonné son jean. Alors j'ai fait ce que j'avais à faire. Le lendemain, j'ai déposé Gabi à la crèche puis je suis allée m'inscrire à Pôle emploi. C'est ce jour-là que j'ai croisé Antoine pour la première fois. Il avait l'air complètement à l'ouest mais je l'ai tout de suite trouvé beau.

Alex m'appelle. Il gueule putain, qu'est-ce que tu fous depuis trois plombes aux chiottes ? T'as la chiasse ou quoi ? Je réponds que j'arrive. Je respire un grand coup.

Je hais les dimanches. Tout est fermé. Le centre-ville est désert. Déjà, d'habitude, ça pue la mort. Une ville de banlieue banale, avec ses rues pavillonnaires et ses deux cités HLM, où tout est pensé pour les vieux et les familles qui veulent du calme. Pour quoi faire ? Du calme, on en aura autant qu'on veut quand on aura tous crevé, non ?

Même en semaine il n'y a rien. Pas un café potable, pas une librairie, le ciné passe que des films de merde, côté musique, c'est sans espoir et la salle de spectacle, à moins d'avoir cent cinquante ans, c'est juste pas possible. Des comiques ringards. Des pièces du genre vaudeville du pauvre avec des portes qui claquent et des amants planqués dans l'armoire. Des conférences chiantes à mourir données par des vieillards qui sentent le moisi. Des trucs de danse traditionnelle en costume qui au maximum t'arrachent des fous rires. Des concerts de classique joués par des nazes où t'entends rien tellement les gens toussent, à croire que le public entier est sur le point de claquer d'une pneumonie. Paris n'est qu'à une trentaine de bornes mais il faut se pincer pour le croire. Bienvenue en zone 4. Sainte patrie du métro boulot dodo. Capitale de l'ennui. Métropole de la zone en bas des cages d'escalier, des tours de vélo sur les parkings de supermarché et des clopes à la chaîne sur les bancs du parc. Mais le dimanche, c'est le pire. Dans ma rue il n'y a pas âme qui vive, et autour, c'est pas mieux. Chacun reste chez soi dans son petit pavillon ou planqué derrière les haies dans les jardins quand il fait beau. Au mieux, l'après-midi, ça se promène en famille, histoire de digérer le poulet rôti frites ou de roter son gigot flageolets. Direction le parc de loisirs. J'y fous pas les pieds ces jours-là. Tous ces mômes sur les pelouses qui jouent et rient aux éclats, c'est trop pour moi. Des fois, quand ils rentrent, en début de soirée, il y en a deux ou trois qui restent traîner devant la maison. Je les entends, à défaut de les voir. Il faut dire que ça fait longtemps que j'ouvre plus les rideaux. Ils font du vélo, jouent au foot, s'exercent au skate. Leurs voix me trouent le bide. Je monte le son de la musique pour que ça s'arrête.

En bas, mes parents squattent le salon. Mon père bouquine. De temps en temps il sort faire un peu de jardinage. Quant à ma mère, je sais pas trop ce qu'elle branle. Elle regarde des conneries sur son iPad, feuillette ses magazines de vieille, se fait un thé, se lève de son fauteuil pour regarder par les fenêtres, passe un coup de fil à sa sœur, ou à la mienne. Je crois qu'elle s'emmerde autant que moi. À moins qu'elle soit très bien comme ça. Qu'à son âge, elle n'attende pas beaucoup plus de la vie. Des dimanches calmes sans rien pour les remplir. Et des semaines idem. Depuis que mon père est en préretraite leur vie ressemble à un long dimanche. Un dimanche qui ne finirait jamais. Je dois préciser que j'ai des parents particulièrement âgés. Ils nous ont eu tard ma sœur et moi. Surtout moi. Je sais pas pourquoi. Je leur ai jamais demandé. Quoi qu'il en soit, le résultat, c'est que j'ai à peine dix-huit ans et qu'ils sont tous les deux à la retraite. Je connais personne autour de moi qui soit dans cette situation. Bref, ils sont tout le temps à la maison. À part quand ils sortent faire une course. Une promenade. Un tour chez Ikea – j'ai jamais compris ce qu'ils allaient foutre là-bas, ils ne ramènent jamais rien, mais il faut croire que ça les occupe de flâner au milieu des meubles, d'imaginer comment ils pourraient réaménager la cuisine, le salon, leur chambre. Ou quand ils vont au centre aquatique. Tous les jours sauf le dimanche parce qu'il y a trop d'ados qui font les cons dans les bassins. Ça les empêche de faire leurs exercices et leurs longueurs tranquilles.

Je vais devenir dingue à tourner en rond comme ça dans ma chambre. Même si je crois bien que taré, je le suis déjà. Il n'y a qu'à voir les tas de médocs que je m'envoie toute l'année. Pourquoi je m'acharne comme ça, j'en sais rien. Je sais juste que je ne mérite pas de vivre. Ces derniers temps je crois que c'est Leila qui me fait tenir. Même si ça peut pas mener bien loin, notre histoire. Elle croit que je suis quelqu'un d'autre. Elle a huit ans de plus que moi. Elle est maquée. Elle a même un gosse que j'ai jamais vu. Et que je ne tiens pas à rencontrer. De toute façon, si elle savait ce que j'ai fait, elle ne me laisserait pas le toucher ou lui parler, ni même le regarder.

J'enfile un sweat et je descends au rez-de-chaussée, les écouteurs déjà sur les oreilles, le son à fond. En traversant le salon je vois juste les bouches des parents s'agiter. J'imagine qu'ils me parlent, me demandent où je vais et quand je rentre mais qu'est-ce que j'en ai à foutre ? Et puis qu'est-ce que j'en sais ? Je sors parce que j'ai besoin de sortir, même si j'ai nulle part où aller, personne à qui parler vu que c'est le week-end et que Leila est coincée avec son mec et son gosse. Je traverse le jardin, j'attrape mon vélo et je prends des rues au hasard. Des rangées de petits pavillons avec leurs jardins plus ou moins entretenus, les jouets en plastique des enfants et les balançoires, le barbecue recouvert d'une bâche, une table de ping-pong, un trampoline, un chien. Personne sur les trottoirs. Pas une bagnole. Un silence de mort que troublent parfois les aboiements d'un clebs débile. Demain tout ce beau monde partira aux aurores pour le boulot et ne rentrera qu'à la nuit tombée, dîner télé-ordi-tablette et au lit, une petite baise peut-être si c'est la fête, et comme ça jusqu'au week-end qu'ils passeront à glander à la maison et à faire tout ce qu'ils n'ont pas pu faire le reste de la semaine : les courses, les papiers, la sieste, un ciné. Des fois je me demande comment tous ces gens acceptent de vivre cette vie-là sans broncher. Comment certains, même, peuvent en rêver. En même temps je crois que personne ne leur a jamais rien proposé d'autre. Et qu'ils n'ont pas la moindre idée de ce à quoi ça pourrait ressembler, une autre vie. Ou une vie tout court. Si on leur disait : voilà, tu peux échapper à tout ça, ta vie dans un dé à coudre, ta vie limitée, fais ce que tu veux, je pense qu'ils auraient pas la moindre idée de quoi en foutre, de par où commencer et de vers où aller. Moi non plus d'ailleurs. J'ai dix-huit ans et je trouve la vie minuscule alors qu'il paraît que c'est l'âge où on a encore des illusions, où on se l'imagine encore vaste et remplie de possibilités. De toute façon pour moi, tout s'est arrêté il y a bientôt dix-huit mois. J'ai ôté une vie même si je l'ai pas fait exprès. J'ai ôté une vie et on m'a pris la mienne pour me punir. C'est réglo, je trouve. Franchement, il n'y a rien à redire.

Je longe la cité et même là, c'est Zombiland. Il y a bien trois quatre mecs au pied des escaliers, cinq ou six gamins qui jouent au foot mais c'est tout, ici aussi la vie semble arrêtée. Comme si on avait mis le monde sur pause. Le Fennec (j'aime bien ce surnom, ça claque) m'aperçoit et quitte ses potes en douce pour me rejoindre. Je lui file un billet que j'ai chouré à ma mère et il me glisse un sachet au creux de la main. Je me remets en route et je peux pas dire que c'est tout à fait inconscient, je prends des rues pas vraiment au hasard, je sais très bien où ça mène, cet itinéraire. Le nombre de trucs qu'on fait alors qu'on sait très bien qu'on devrait pas, c'est juste vertigineux. Quand je veux pas être trop sévère avec moi-même, je mets ça sur le compte de la dépression. Elle a bon dos, cette salope. Après le lotissement, je tourne vers la résidence de Leila. Des petits immeubles tout neufs plantés dans la pelouse. Je me planque derrière un buisson et je fixe la fenêtre du salon. Qu'est-ce que je cherche ? À l'apercevoir ? Je connais l'appartement par cœur. On s'y retrouve de temps en temps, quand son mec est au boulot et le gamin à la garderie. Le salon est presque entièrement occupé par du matériel de sport. Un banc, des altères, un vélo d'intérieur. Le petit lit du gamin dans un coin, avec ses jouets autour. Mais en général on va direct dans la chambre. Tout à coup je la vois apparaître derrière les fenêtres. En bas de survêt gris et tee-shirt. Tenue du dimanche. Mais même comme ça elle est belle à crever.

Alex s'est endormi devant son match. Je le regarde et même assoupi il me colle des frissons. Son corps massif. Ses muscles épais. Son visage dur, inexpressif, où je n'ai plus vu passer un sourire ou le moindre soupçon de tendresse depuis des mois, des années. Gabi s'est réveillé pendant deux heures, il avait l'air mieux, on a fait des dessins, un peu de pâte à modeler et puis tout à coup il s'est allongé sur le lit de la chambre et s'est rendormi. Je touche son front, il est brûlant. Tout à l'heure, j'ai dit à Alex qu'il faudrait peut-être appeler un médecin. Il a juste répondu : fais pas chier. C'est rien. Juste un virus. De toute façon on est dimanche. Des fois j'ai l'impression qu'il n'en a rien à foutre de son fils. C'est pourtant lui qui a insisté pour que je le garde. J'avais pas l'âge. J'étais effrayée. Je voyais pas comment c'était possible d'envisager ça : être mère. M'occuper d'un gosse. L'élever. Mes parents ont essayé de le convaincre, vu que moi, quand j'essayais de lui parler, il voulait rien entendre. Il les a envoyés bouler. Leur a parlé comme à des merdes. Leur a dit qu'il voulait plus les voir.

Ni qu'ils m'approchent. Il leur a sorti tous ces trucs comme quoi une vie c'était sacré, qu'avorter c'était un meurtre. Le monde à l'envers. Mes parents, pourtant pas du genre très ouverts d'esprit, qui essayaient de le raisonner, et lui qui tout d'un coup leur débitait ce discours quasi religieux, réac à mort, avec ces histoires de valeurs supérieures, de respect de l'être humain. Qui étions-nous pour décider qui avait le droit de vivre ou non ? Avant de partir mon père m'a dit que si je gardais le gamin, si je faisais cette connerie, si je restais avec ce mec, il faudrait plus compter sur eux. Comme si j'avais jamais pu compter sur lui, à part pour m'engueuler à tout bout de champ, me traiter de conne finie quand je ramenais mes bulletins de notes, hurler que tout ça c'était des conneries, que j'étais juste débile quand l'infirmière scolaire l'avait convoqué pour lui annoncer qu'elle soupçonnait que j'étais dyslexique et dyscalculique, me traiter de pute quand je sortais de la maison en jupe ou que je rentrais un peu tard d'une soirée et me balancer des baffes dès que ça lui chantait. Comme s'il avait trouvé quelque chose à redire quand il avait appris que je voyais Alex et qu'il avait douze ans de plus que moi. J'en avais quatorze la première fois qu'il m'a embrassée. C'était mon prof de volley au club. Ça s'était passé après l'entraînement. Il m'avait rattrapée sur le trottoir et on avait marché un moment ensemble. Ça faisait des semaines que je voyais bien qu'il me regardait avec insistance. Qu'il m'avait à la bonne. Que sa main s'attardait sur mon épaule quand il me donnait ses instructions. Qu'il me serrait d'un peu trop près quand il me faisait répéter un geste, me montrait une posture. Tout le monde le voyait, d'ailleurs. Les autres filles trouvaient ça dégueulasse. Le traitaient de gros pervers. Mais moi je me disais qu'elles étaient juste jalouses. Je me sentais spéciale pour une fois. Je me sentais élue. Et puis je le trouvais plutôt beau. Puissant, en tout cas. Fort. Je le trouvais classe dans son survêt. Mais quoi ? J'avais quatorze ans. Ce soir-là sur le chemin de la maison il m'a entraînée dans le parc, il a pris mon visage entre ses mains et il m'a embrassée avec tellement de force et de douceur et c'était tellement bizarre, putain. J'étais tellement sonnée. Je me suis dit que c'était parce que j'étais amoureuse. Toute cette confusion. Ces sentiments pas clairs. Ce drôle de malaise. C'était de l'amour. C'est ça que j'ai cru. Qu'on vivait une histoire d'amour. Une histoire tordue, OK. Entre un adulte et une fille de quatorze berges, OK. Mais c'est ça qui était beau, il disait. C'est ça qui était unique, et qui faisait de notre histoire une histoire à part. Qu'est-ce que j'en savais ? Qu'est-ce que je savais de l'amour ? Je me sentais tellement grande, soudain. Adulte. Ça me sortait tellement de ma vie de merde seule à la maison avec mes parents chiants depuis que ma sœur s'était barrée (bon débarras, avait dit mon père quand il avait compris qu'elle était partie pour de bon...). Ça me vengeait tellement de ma vie au collège avec toutes les tôles que j'accumulais parce que les lettres se brouillaient quand je lisais, et que les chiffres ne signifiaient rien pour moi. Juste des symboles abstraits sans rien derrière. À partir de là on s'est mis ensemble. On a essayé d'être discrets. Des fois je venais chez lui. Très vite il a voulu aller plus loin et je me suis laissé faire. Ça me dégoûtait un peu, mais il me disait que j'étais douée. C'était la première fois qu'on me disait que j'étais douée pour quelque chose. Et puis on a fini par se faire gauler. Le scandale que ça a été. Alex s'est fait virer du club. Le directeur a convoqué mes parents. Ils m'ont passé le savon du siècle. Mon père m'a cognée. Ma mère m'a suppliée de plus jamais revoir Alex. J'ai accepté. J'ai dit d'accord, ça ne se reproduira plus. J'ai dit à Alex que c'était fini. Que me parents ne voulaient plus que je le voie. Qu'ils me tueraient si je leur obéissais pas. Alors Alex s'est pointé à la maison. Et là tout s'est retourné. Je ne sais pas ce qu'il leur a raconté. S'il leur a filé de l'argent. S'il les a menacés. Ou au contraire s'il leur a fait un numéro de charme. S'il les a impressionnés avec son costume noir de vigile – il avait vite retrouvé du boulot, grâce à des potes de la cité où il avait grandi. Mais en tout cas après son départ mon père m'a dit OK, c'est bon. Fais ce que tu veux. Mais on te prévient, à seize ans tu fais une demande d'émancipation, tu t'installes avec lui si ça te chante, mais faudra plus compter sur nous. Il me restait moins d'un an à tenir. De toute façon même avant ça je me suis mise à passer la plupart du temps chez Alex. Et le jour J je me suis installée avec lui pour de bon. J'étais au lycée pro à l'époque. En commerce. J'étais pressée de bosser. De vivre comme l'adulte que je m'imaginais être. Avec mon mec. Dans notre appart. Et puis je suis tombée enceinte. Je crois déjà qu'à l'époque je sentais bien que la vie avec Alex, ça n'allait pas vraiment ressembler à un conte de fées. Je voyais bien qu'il avait changé. Qu'il devenait ultra-jaloux, qu'il avait des accès de colère, qu'il s'était lancé dans des trucs pas clairs, du business, comme il disait, avec ses potes d'enfance qui squattaient de temps en temps à l'appart, me parlaient comme à leur servante et me déshabillaient du regard en disant à Alex qu'il avait de la chance d'avoir une meuf si bonne, même grosse j'étais méga bonne, il devait bien s'éclater au pieu avec moi. Mais qu'est-ce que j'aurais pu faire ? Quitte à le garder il fallait que Gabi ait un père, je pensais. Que j'aie un toit. De quoi subvenir à ses besoins et aux miens. Avec le recul bien sûr tout ça n'avait aucun sens. C'était même carrément glauque. Ça l'est toujours. La seule chose que je ne regrette pas, c'est Gabi, parce que je l'adore, mon petit bonhomme. Et je crois que je me débrouille pas si mal avec lui. Je le regarde dans son sommeil fiévreux, le front trempé de sueur, les cheveux mouillés. Il tousse en dormant. Il faut que je vérifie s'il me reste du sirop.

Putain. En passant devant la fenêtre j'ai jeté un œil dehors. Et là je l'ai vu. Antoine. Qu'est-ce qu'il fout là ? Il est dingue ou quoi ?

Quand je rentre je file direct à la chambre. Je ne tiens pas à ce que mes parents voient que je suis défoncé. J'ai fumé tranquille dans la forêt qui borde la ville. Je me suis trouvé un petit sous-bois peinard, à l'écart des promeneurs. Trois bosquets plus loin, des gamins s'éclataient sur leurs vélos en enchaînant les trous d'obus. Je faisais pareil quand j'avais leur âge. Avec ma sœur et mon père. Plus tard avec les potes on venait dans le coin aussi. Mais on laissait vite les vélos couchés dans la terre. On en avait plus rien à foutre des trous d'obus. Ce qui nous intéressait c'était de picoler, des bouteilles qu'on chourait chez nos parents, et de se rouler des joints avec la musique à fond qui sortait du Bose de Paco. C'est triste quand j'y pense. Encore plus quand je repense à Paco et toute la bande. Je les vois plus. Ils sont à la fac ou en BTS. Certains, les plus âgés, ou ceux qui se sont arrêtés au bac pro, taffent. De l'intérim, surtout. Kylian s'est même pris un appart. C'était le plus vieux d'entre nous. Je sais pas pourquoi il traînait avec des boulets comme nous mais maintenant il a un job chez Auchan, une petite meuf bien gentille qui bosse au McDo, et un deux-pièces pas loin de la gare. Je sais pas si je l'envie. Sûrement que non. Mais qui je suis pour dire ça ? Je végète chez mes vieux. J'ai laissé tomber le bac pro. Le patron de l'atelier où je faisais mon alternance m'a foutu dehors. J'ai aucun diplôme. Quelques mois d'expérience au garage, c'est tout. Je peux vous dire qu'à Pôle emploi ça pèse pas lourd. Mais Pôle emploi, je critique pas. C'est là que j'ai rencontré Leila et ça, ça vaut tous les boulots du monde.

Je sens mon portable vibrer dans ma poche. Leila. Je décroche. Elle parle à voix basse. Je l'imagine planquée dans les chiottes pendant que son mec mate le match sur beIN. Peut-être que le gamin fait sa sieste et qu'elle a enfin deux minutes à elle.

— Qu'est-ce tu foutais en bas de chez moi ? T'es dingue !

— Ouais, je suis dingue. Dingue de toi.

— Arrête tes conneries, bouffon. Et s'il t'avait vu ?

— S'il m'avait vu quoi ? Il sait même pas qui je suis. J'ai le droit de me balader dans la rue. On se voit demain ?

— Je sais pas encore. Le petit a de la fièvre. Je sais pas si je vais pouvoir le mettre à la garderie.

J'entends la voix de son mec qui l'appelle et elle répond oui j'arrive avant de raccrocher. Je déteste le silence qui suit une conversation avec elle. Même quand elle ne dure que dix secondes comme aujourd'hui. Des fois je rêve de l'extirper de sa vie. De l'emmener quelque part et de tout reprendre à zéro avec elle. De l'arracher à ce type. Mais qu'est-ce que j'aurais à lui offrir de plus ?

Je mets de la musique pour me vider le crâne et penser à autre chose. Même si ça sert à rien. Voir Leila demain, il n'y a que ça qui me sorte du brouillard où je vis en permanence. Le reste, c'est que dalle. Des journées à glander dans ma chambre. De temps en temps je réimprime deux trois CV. J'appelle des potes mais ils ont jamais de temps à me consacrer. Ils sont en cours ou au taf. Ont d'autres amis. Des meufs à qui ils doivent consacrer du temps. Bref ils sont passés à autre chose. Alors que moi je fais du surplace. Quitte à ne plus avancer, je voudrais tellement revenir en arrière. Retrouver l'insouciance de l'enfance. Quand tout allait de soi. Quand je trouvais tout super. Cette ville. La maison et le jardin. Le parc de loisirs où on allait tous les week-ends. La forêt où on se baladait à vélo. Les parties de foot avec mon père. Les devoirs sous la surveillance de ma mère, pendant que le repas cuisait et que la télé était allumée pour personne au salon. Les films sur le canapé, sous la grande couverture orange au crochet avec Lise. Les dessins animés tôt le matin le samedi. L'odeur de gâteau sortant du four l'après-midi. Le tapis réchauffé par le soleil à travers les vitres où je m'allongeais pour lire mes BD. Les petits-déjeuners avant l'école et le baiser de mon père sur le front avant qu'il parte au travail. Les copains dans la cour. La maîtresse et ses leçons un peu chiantes. Les dessins, les travaux manuels, le calcul et la grammaire, l'écureuil dans sa cage qu'il fallait nourrir à tour de rôle. Les marrons qu'on s'envoyait à la gueule sur le chemin du retour. Lise qui râlait quand j'entrais dans sa chambre sans permission. Les fois où elle m'autorisait à m'allonger près d'elle sur son lit et où on restait côte à côte à bouquiner ou à écouter de la musique. Mes grands-parents qui étaient encore en vie. Les vacances dans leur maison dans le Sud, au bord de la mer. La plage et les roches rouges. Les baignades. Les glaces le long de l'eau. Les parties de raquette avec Lise. Les jeux de cartes. L'écouteur qu'elle me tendait en me disant : « Écoute ça. » On était si proches à l'époque. Ça paraît inconcevable aujourd'hui. On s'aimait sans savoir pourquoi, juste parce qu'on était frère et sœur. Et c'était pareil avec les parents. Mon père était pas du genre bavard mais je l'aimais et il m'aimait. Ma mère était plutôt anxieuse et s'en faisait toujours pour nous et bordel je l'adorais et elle me passait tout, même quand je suis devenu plus chiant. C'était tellement simple à l'époque. On vivait ensemble et on s'aimait. On était bien. Tout était bien. Les copains. L'école. La famille. Les vacances. Chaque putain d'heure de chaque putain de jour.

Je ferme les yeux. Je tombe dans le sommeil comme si je chutais du soixantième étage d'un building.

Je suis dans un café. Je sais pas où aller. J'ai l'impression que tout est en train de merder. Pourtant tout a bien commencé ce matin : Gabi s'est réveillé comme une fleur. Ça m'a tellement soulagée. Pour lui. Pour moi. Enfin sortir de cet appartement. Prendre l'air. J'ai envoyé un message à Antoine pour lui dire que c'était bon, qu'on pourrait se voir dans la journée. Que j'allais mettre le gamin à la crèche et puis refaire le tour des boutiques à Évry 2 pour déposer des CV. Carré Sénart, je l'ai déjà fait quinze fois et puis tant qu'à retrouver du taf, autant que ce soit loin d'Alex. À l'époque où je bossais là-bas, il venait me voir à chaque pause. Ou il me faisait surveiller par ses potes. Le soir quand je rentrais il me prenait la tête parce que j'avais ri à une blague d'un client, ou qu'un bouton de mon chemisier avait sauté et qu'on apercevait mon soutif. Ça finissait toujours mal. Le seul moyen que j'avais de le calmer ou d'éviter de m'en prendre une, c'était de le laisser me baiser. Même si ça faisait des mois que ça me dégoûtait, le contact de sa peau, sa langue dans ma bouche et tout le reste. C'est avec

Antoine que j'ai retrouvé le goût à tout ça. Ou que je l'ai découvert, même, peut-être. Les premières fois il était maladroit, fiévreux, mais tellement tendre et respectueux, attentif, tellement doux. J'essaie de me raisonner mais à force j'ai l'impression d'être tombée amoureuse de lui. Je sais, c'est débile. On dirait un gosse. Et il est complètement largué. Si je finissais par me barrer avec lui, Alex nous tuerait. Et puis qu'est-ce que je sais de l'amour. J'en ai jamais vu en vrai. Mes parents ont dû s'aimer un jour mais j'étais pas encore là pour en être témoin. Quant à Alex et moi, je ne sais pas comment on peut appeler ça. Et puis Gabi ?

Bref. J'ai habillé le gosse. Je me suis maquillée en vitesse. Je suis sortie de la chambre avec Gabi et j'ai fait mine de pas voir qu'Alex me regardait d'un œil noir. Il était au téléphone. Encore en caleçon. Je sais pas ce qu'on lui racontait à l'autre bout du fil mais ça n'avait pas l'air de lui plaire. J'ai préféré pas savoir de quoi il retournait. J'ai enfilé ses pompes au petit et on est sortis. On a couru dans les escaliers pour rigoler. On a ouvert la porte de l'immeuble et c'était tellement bon de sentir l'air frais. De voir les arbres. L'étendue d'herbe. Même le béton et les voitures ça m'a fait du bien. Les gens dans la rue. J'ai vu le bus arriver. On a accéléré. On l'a chopé de justesse. À l'intérieur j'ai reconnu Camélia. On était ensemble en bac pro. Elle s'est extasiée devant Gabi, comme quoi il était beau comme un dieu et ça m'a rendue fière. On s'est donné des nouvelles. Elle est en BTS maintenant et ça roule. Elle a un nouveau mec. Elle songe à s'installer avec lui mais elle n'est pas sûre. Elle se sent pas prête. Et puis ses parents sont tellement cool avec elle. Elle est bien à la maison. Logée nourrie cajolée.

Le seul truc qui l'inquiète, c'est sa mère. On lui a trouvé une grosseur au sein. Ils attendent les résultats des examens. Ça la fait flipper. Je l'ai écoutée et sa vie était tellement éloignée de la mienne. On a le même âge mais c'est dur à croire. On a parlé de se revoir. On s'est échangé nos numéros. Et je suis descendue devant la crèche. Là-bas je me suis attardée un peu. J'aime bien. Les couleurs. Les dessins d'enfants. Les jouets. Les gamins qui s'amusent. Les parents plus vieux que moi qui ont l'air de tellement bien s'occuper de leurs gosses. De tellement les aimer. D'être tellement plus adultes que moi. Je sais pas. J'ai l'impression qu'ils ont les pieds sur terre, qu'ils savent très bien se débrouiller dans cette vie, comme si c'était naturel, comme s'ils avaient appris, comme si tout était évident. Le boulot. Le couple. Les enfants. Faire ses comptes, les courses, aller au ciné de temps en temps, prendre ses repas en famille, partir en vacances deux fois par an pour les plus chanceux. Souvent quand je marche je regarde à l'intérieur des maisons et ça me fait tellement envie, la vie que mènent les gens. La vie normale. Des fois je me retiens de rentrer chez les autres et de leur demander de m'accueillir, de m'intégrer à leur cercle et de m'expliquer comment ça marche. Comment on fait.

L'heure tournait, il a bien fallu repartir. J'ai bavardé un peu avec les puéricultrices pour retarder le moment. J'aurais voulu qu'elles s'occupent de moi aussi. J'aurais voulu être une gosse et jouer avec la petite cuisine, aux barbies, aux bagnoles, faire des dessins et qu'on ne m'en demande pas plus. Qu'on me console quand je me fais mal. Que des parents sympa viennent me chercher et me couvrent de baisers.

Rentrer avec eux dans une jolie maison. Mais c'était pas possible alors j'ai fini par ressortir. Je me suis dirigée vers l'arrêt de bus. J'ai regardé les horaires pour Évry. Mon téléphone a vibré. C'était Alex. J'ai pas répondu. Le truc a vibré à nouveau. J'ai décroché. Tout de suite il s'est mis à gueuler et à me traiter de sale pute.

De la terre et du sang. C'est ça qui me sort de la bouche, du nez. Je crache encore et je me relève lentement, les membres douloureux, la mâchoire tuméfiée. Il ne m'a pas raté, ce connard. Je me demande comment il m'a trouvé ici. Comment même il a pu apprendre que j'existais. Il a dû me suivre depuis la maison quand je suis sorti ce matin. Me filer dans le bus. Attendre sagement que je m'installe dans ce coin du parc de loisirs, à l'abri des regards, camouflé des rares promeneurs par les bosquets. Que je m'allonge et sorte de mon sac le matos. Deux trois joints. Une bouteille de sky enveloppée dans du papier kraft. Ouais. C'est forcément comme ça que ça s'est passé. Parce qu'il y a peu de chances pour qu'il soit passé là par hasard, en milieu de journée, en pleine semaine, et soit tombé comme ça, par une putain de pure coïncidence, sur le mec qui se tape sa meuf depuis des semaines. C'était la première fois que je le voyais de près. La vache. C'était pas beau à voir. Les cheveux ras. Un cou de taureau. Une tête de pitbull. Le tout vêtu d'un jogging. Il s'est penché vers moi, me cachant soudain la vue du ciel en morceaux, lambeaux de tissu bleu parmi les branches où perçaient les premières feuilles, d'un vert translucide.

— Salut.

— Ouais ?

Je me suis redressé, prenant appui sur mes coudes.

— Tu connais bien Leila, non ?

OK. J'ai tout de suite compris où il voulait en venir. Il avait l'air immense vu d'en bas. J'ai quand même joué au con.

— Oui, un peu. Je la croise parfois à Pôle emploi.

— Pôle emploi. C'est ça. Fous-toi de ma gueule. Je sais ce que vous branlez tous les deux.

Pas besoin d'en dire plus. Il m'a mis son pied dans la gueule puis dans les côtes et je me suis mis à pisser le sang, les yeux bourrés de points lumineux gros comme des balles de tennis.

— Si tu l'approches encore, je te tue.

Mes yeux se sont fermés d'eux-mêmes. Tout valsait tellement, un instant j'ai cru que j'étais bon pour tomber dans les pommes. L'alcool, le shit, la douleur, le souffle coupé, tout se confondait et me réduisait en bouillie. Des larmes me coulaient sur les joues. Les grandes eaux. Comme un pauvre gosse. Quand j'ai rouvert les yeux il n'y avait plus personne. J'ai regardé autour de moi. Mon joint éteint dans l'herbe humide. La bouteille dont un bon tiers s'était renversé. C'était à pleurer. Ou à rire. J'ai fait les deux à la fois. Je l'avais bien cherché, putain. Cette fois-là et toutes celles d'avant. J'avais enfin ce que je méritais. Ou au moins un échantillon. Des fois je m'en veux tellement d'être en vie. D'avoir autant merdé.

J'essuie la poussière sur mes genoux, mes coudes. Des grains minuscules crissent entre mes dents. Deux d'entre elles branlent méchamment. Je chancelle, me tiens le ventre à deux mains, les jambes fourrées de coton. Quand je sors des bosquets une femme sursaute, prend la main de son fils et presse le pas en direction de l'étang. Merde. Je fais peur à ce point-là ? Il faut dire que même sans la raclée que ce type vient de me coller, j'ai bien morflé ces derniers mois. Même moi j'en ai conscience. Mais de là à inverser le cours des choses il y a loin. On a beau se rendre compte, des fois ça ne suffit pas. La pente est trop forte. Ou on a pas l'énergie d'y résister. Avec Leila, je sais pas, j'ai cru que quelque chose s'amorçait. Une éclaircie. Mais qu'est-ce que je croyais ? Ça allait me mener où de baiser une fille déjà maquée ? Sinon à l'hosto ? Et puis je me demande toujours ce qu'elle a bien pu me trouver. À part que je n'étais pas son bourrin de mari et qu'elle avait besoin d'autre chose. À part que j'étais là. Le premier mec qui lui tombait sous la main.

Je sors du parc et je longe l'avenue qui monte vers le centre. Mon nez continue de saigner. Je porte ma main à ma joue, à mon front. Tout est à vif. Dans le rétro d'une voiture garée je contemple mon visage amoché. Un œil à moitié fermé, aux contours gonflés. La pommette bleue enflée. Tout ça en plus de ma tronche habituelle. Des cernes de panda. Le teint blême. Les yeux bouffis et rouges en permanence. Une vraie gueule de vainqueur. Je dépasse l'étang, les terrains de foot, le skate park. Autant d'endroits auxquels il ne vaut mieux pas que je pense. Autant de souvenirs comme des morceaux de verre en plein cœur. Les balades en vélo avec les parents et Lise. Les matchs de foot avec les potes. Les premières pelles et les séances de pelotage. La glande au soleil, les parties de cartes, les joints, planqué dans les buissons. Les souvenirs ont la peau dure. Je crois bien qu'il sont pas près de passer. Qu'ils resteront toujours coincés dans ma gorge comme un regret. Un temps béni. Un paradis modeste, banal, qui me suffisait. Désormais enfoui, enterré. Inaccessible.

À la montée du bus le chauffeur me dévisage comme si je sortais de taule. Mais peut-être que je me fais des idées. Où que j'aille j'ai toujours l'impression qu'on me regarde de travers et qu'on me juge pour ce que je suis. Une loque d'à peine dix-huit ans, à moitié défoncée la plupart du temps, qui squatte chez ses parents en attendant la fin du monde. Un mec en chute libre. Même si je ne suis jamais monté bien haut. Il paraît qu'à dix onze ans, je suis devenu un gamin difficile. Je pétais les plombs pour rien. Avec cette rage sans cause et cette tristesse qui me comprimaient les poumons. À croire qu'avoir un toit confortable et des parents qui veillaient sur moi, c'était encore pas assez pour me foutre sur les bons rails. À quinze ans je me suis calmé un peu. Le bac pro Maintenance auto, c'est pas que je trouvais ça passionnant mais au moins je voyais un peu à quoi ça allait me servir. Alors j'ai arrêté les conneries et je me suis mis à bosser au lycée. Je travaillais en alternance chez Renault. Les gars étaient sympa, le patron plutôt cool. Je sentais l'huile de moteur à plein nez. Je voyais se profiler une vie pépère. Avec un peu de chance on m'embaucherait au garage. Je prendrais un appart dans cette ville de merde où je suis né. Je serais pas trop loin des parents. Et puis tout a déraillé. Ma vie entière est sortie de ses rails et je voyais plus comment la remettre sur la bonne voie après ce que j'avais fait. J'ai arrêté le lycée et perdu mon boulot à l'atelier de réparation, parce que je foutais plus rien et que j'étais raide du matin au soir. J'ai commencé à me bourrer de médocs et je me suis senti devenir peu à peu un légume. Ajoutez les joints et l'alcool et plus rien ne ressemblait à rien. Jusqu'à ce que Leila entre dans le paysage.

Je sens mon téléphone vibrer dans ma poche. Je regarde l'écran : c'est son prénom qui s'affiche. Je décroche et sa voix affolée se déverse dans mon cerveau. Elle ne sait pas comment il l'a appris mais il faut que je fasse gaffe. Il lui a fait une scène ce matin. Il est devenu complètement dingue. Il a parlé de me défoncer la gueule. Et de la tuer si on se revoyait. Et peut-être même sans ça.

— C'est trop tard. En tout cas en ce qui me concerne, je réponds, et rien qu'articuler ces mots, ça met ma bouche au supplice.

— Oh merde. Antoine. J'ai trop les jetons. Il m'a dit qu'à son retour ça allait chier. Que j'allais payer pour ce que j'avais fait. Il m'a hurlé dessus au téléphone.

— T'es où, là ?

— Je suis au centre-ville. Je sais pas où aller. Je flippe trop de rentrer chez moi.

Au moment où elle prononce ces mots, le bus ralentit aux abords de la place du marché et je la vois devant le Auchan avec son air paniqué. Les portes s'ouvrent et je traverse la rue sans regarder. Une bagnole pile et me klaxonne. Le type au volant me traite d'enculé et redémarre en trombe. À cette heure-là, autour de l'église, il n'y a que des petits vieux qui tirent leurs caddies écossais. De jeunes mères armées de nourrissons. Et des chômeurs comme Leila et moi. Certains sont au bar PMU. D'autres font des courses en attendant le retour de leurs gosses. Il y a longtemps que plus personne ne dépose de CV dans les trois boutiques qui se battent en duel ici. Le peu de boulot disponible, s'il existe, c'est ailleurs qu'il se cache. Dans les grands centres commerciaux. L'alignement d'enseignes le long de la nationale. La zone d'activité près de la forêt. Ils ont tous ma lettre de motivation au milieu d'une pile de centaines d'autres pareilles. À part les appeler de temps en temps il n'y a pas grand-chose à faire. Mais à mon âge et avec mon CV de merde, je me fais pas trop d'illusions. Je passe quand même régulièrement au Pôle emploi. Je consulte des annonces. J'honore des rendez-vous pour faire le point avec un conseiller qui n'en sait pas plus que moi. Un type qui n'a jamais cherché d'autre travail que celui-là : conseiller au Pôle emploi. Je suis des séances de formation au boulot de chercheur de taf. Comment rédiger un CV, une lettre de candidature, comment trouver des offres, cibler les bonnes boîtes, les relancer, comment se comporter lors d'un éventuel entretien qui pour le moment ne s'est jamais présenté, quoi répondre à quelles questions. C'est comme ça qu'on s'est rapprochés pour de bon, avec Leila. Elle jouait l'employeur. Je faisais le candidat. Je sais pas ce qui lui a plu chez moi, mais ce qui m'a plu chez elle, n'importe qui aurait pu le voir. Elle a ce genre de beauté qui me fout toujours par terre. Vous voyez Leïla Bekhti ? Eh bien elles ne partagent pas qu'un prénom. Ça faisait pas mal de temps qu'on se croisait, bonjour bonsoir, la petite blague qui la faisait sourire mais ça s'arrêtait là. C'est ce jeu de rôle à la con qui a tout déclenché. À partir de là on a vraiment commencé à sympathiser. Peut-être parce qu'on est à peu près de la même génération, même si elle a huit ans de plus que moi. Les autres, c'est surtout des vieux. À croire qu'on fait exception. Que sur le marché de l'emploi on est des anomalies. Mais j'ai pas besoin de ça pour le savoir. Il n'y qu'à voir mes potes et leurs frangins, mes cousins, les voisins. À part Kylian, ceux qui ont commencé à bosser galèrent tous plus ou moins mais enfin ils s'en sortent. Bientôt eux aussi auront un toit, un salaire à peu près fixe, une copine, un copain, des enfants. Avant de se retrouver à quai, Leila elle-même ne s'en sortait pas si mal. Elle était vendeuse à Carré Sénart pour une enseigne de fringues pas chères. Les mecs maximisaient les profits en faisant tout fabriquer pour pas un rond au Bangladesh. Visiblement les coûts étaient encore trop élevés pour eux. Ou ils en vendaient pas assez, de leurs merdes. Ils ont fini par fermer le point de vente. Pas assez rentable. Ils en ont gardé des tas d'autres à travers tout le pays mais pas celui-là. Quand Leila leur a demandé s'ils avaient pas un poste pour elle dans une autre boutique ils lui ont répondu non. Ils dégraissaient. Il fallait bien ça pour engraisser les actionnaires qui chouinaient de pas gagner assez pour se payer une neuvième bagnole ou une quatrième résidence secondaire. Depuis, elle a beau chercher elle trouve rien. Le textile est en crise à ce qu'il paraît. C'est ce qu'on lui répète, en tout cas. Pourtant partout où je regarde, les boutiques poussent comme des champignons. Quand je prends le RER pour Paris je vois bien qu'il y en a de nouvelles tous les quatre jours, entre un énième fromager pour bobos, un quinzième caviste de bourge, trois nouveaux coffee shops et six restos branchés pour ces putains de hipsters. Qui a besoin d'autant de vêtements à cent balles pièce ? Qui peut bouffer autant de fromage hors de prix ? Se payer autant de vin bio à quinze euros la bouteille ? Qui peut dîner au resto plusieurs fois par semaine ? S'enfiler autant de burgers à dix-huit boules ? Comment autant de gens peuvent être aussi blindés ? Je traîne dans les rues et je vois bien que c'est une autre vie. Un périphérique, trois quatre zones de RER et on est juste dans un autre pays. J'ai emmené Leila se balader là-bas une fois. À Montmartre. Il faisait beau. On descendait des bières, tranquilles, sur les bancs des squares. On a fumé allongés dans l'herbe. Je l'ai embrassée près des vignes. Elle regardait tout le temps l'heure parce qu'elle avait peur qu'on soit pas rentrés à temps. Quand son mec la trouvait pas chez elle à son retour il devenait dingue. Il la fliquait à mort. Je juge pas. Maintenant que j'ai vu sa gueule de bouledogue je peux comprendre. Quand t'as une fille comme elle auprès de toi et que t'as cette tronche tu dois flipper en permanence. Comment il a pu l'attraper dans ses filets lui aussi, ça reste un mystère. Peut-être qu'elle avait besoin de se sentir protégée. Le mec a la trentaine, il est tout en muscles et je crois pas que le sang lui monte souvent au cerveau. Même elle le trouve un peu con. Mais en définitive, pour un protecteur, c'est surtout lui qui a fini par lui foutre les jetons. Il t'a déjà frappée ? je lui ai demandé un jour. Elle a éludé. Est passée à autre chose. À nous en l'occurrence. Quoi que ça puisse vouloir dire.

Quand elle me voit elle porte sa main à la bouche, l'air horrifié.

— Ouais, je sais. Faut que je me débarbouille. Que je désinfecte tout ça. Mais ça va passer. Quelques jours avec la gueule de Quasimodo. Au moins t'es pas dépaysée. J'ai la même tête que lui maintenant.

Elle sourit et me dit que je suis trop con. J'accepte le compliment sans broncher et l'entraîne avec moi. Quand elle me demande où on va je lui dis chez moi, même si bien sûr elle ne sait pas que je vis chez mes parents. Même si jusque-là je lui ai menti sur toute la ligne. Au moment de savoir où on allait pour baiser j'ai toujours trouvé le moyen d'esquiver. On se retrouvait chez elle, dans leur deux-pièces. Et sur tout le reste aussi je lui ai menti. Quand j'ai compris que mes petites blagues n'allaient pas suffire j'ai sorti le grand jeu. Je sais même plus ce que j'ai pu lui raconter. Je naviguais à vue en guettant ses réactions. J'avais vingt et un ans. Je vivais dans une petite baraque avec jardin que j'avais héritée de mes vieux à leur mort, l'année de mes seize ans. Je m'étais débrouillé comme j'avais pu avec mon grand frère. Lui était parti faire sa vie ailleurs, je ne sais plus quel pays j'ai cité, il cartonnait dans le graphisme. En ce moment j'hébergeais des potes, c'est pour ça que c'était pas pratique d'aller chez moi, on manquerait d'intimité. Et puis j'étais pas un vrai chômeur. Je jouais de la gratte, je composais, j'écrivais des chansons. Je travaillais sur un album qui allait tout déchirer. C'est pour ça que j'avais arrêté les études à seize ans, parce que être artiste ça s'apprend nulle part et je supportais pas cette façon qu'a l'école de nous formater et de nous réduire. J'étais un putain d'auteur-compositeur sensible et tourmenté et tout. Je sais pas comment elle a pu croire à tout ce baratin mais la vérité, c'est qu'elle a fondu direct. La vérité aussi, c'est que j'étais raide dingue d'elle et que j'avais pas prévu tout ça. Que ça marche. Et que ça devienne un minimum sérieux entre nous.

On arrive devant la maison et je respire déjà mieux quand je vois que la voiture de mon père n'est pas là. Ils doivent être au centre aquatique. C'est dingue le temps qu'ils peuvent passer à se prélasser dans l'eau chaude et bouillonnante, à se faire masser par des jets. En général, après, ils s'offrent une balade en forêt. La baignade et la promenade qui va avec, c'est leur petit luxe, ils disent. La Clio de ma mère est garée dans l'allée qui longe la maison. Elle ne l'utilise plus depuis longtemps. J'ai mon chauffeur, plaisante-t-elle en regardant mon père avec tendresse. On entre dans la maison et je vois bien que Leila regarde autour d'elle. La présence de mes parents. Partout. La déco. Leurs vêtements qui traînent. Le ménage fait nickel. L'odeur de pot-pourri et de Monsieur Propre. Je grimpe les escaliers et elle me suit dans ma chambre. Un vieux poster de Nirvana hérité de ma sœur sur le mur. Ma collection de romans américains. Mon ordi pourri et la console branchée sur FIFA en permanence. Le skateboard. Le lit une place et sa couette à têtes de mort. Pas la moindre guitare à l'horizon. Elle ne dit rien mais je vois bien qu'elle tique. Elle regarde autour d'elle en silence et ses yeux sont impénétrables.

— Je t'ai menti, je lui dis.

— Je vois ça.

— Je vis chez mes parents. Je sais même pas jouer de musique. J'ai pas de frère mais une sœur qui veut plus me voir. Même mes parents elle les évite au maximum. J'étais en bac pro Maintenance auto, je bossais en alternance dans un garage mais j'ai tout arrêté parce que j'ai fait un genre de dépression.

— Et t'as quel âge ?

— Dix-huit. Depuis pas longtemps.

— Putain. Tu veux dire que tu avais dix-sept la première fois qu'on l'a fait ?

— Ben ouais. Désolé. Tu m'en veux ?

— Je sais pas encore. Elle est où la salle de bains ?

— Deuxième porte à droite.

Elle disparaît un moment et revient avec du désinfectant et du coton, un gant mouillé. Des pansements. Elle commence à me débarbouiller, très lentement, avec douceur mais le visage fermé. Sans dire un mot elle me tapote les tempes, l'arcade, les lèvres, les pommettes, continue même quand elle me voit grimacer parce que l'alcool s'infiltre au travers des plaies. Quand je grogne elle dit juste : bien fait pour toi. Je suis assis sur le bord du lit et elle est penchée sur moi. Dans l'échancrure de son tee-shirt je vois ses petits seins blancs et je me mets à bander. Elle s'en aperçoit et me dit d'une voix pleine de sarcasme qu'on dirait qu'il m'a pas tout cassé, l'enfoiré. Mais elle peut pas s'empêcher de sourire. Voir son visage s'éclairer comme ça, ça me fait me sentir plus vivant que je l'ai jamais été. Je passe mes mains sur son cul et je tente de la basculer en douceur sur le lit mais elle résiste.

— Attends. Faut que je te décore un peu.

Elle colle trois pansements sur mon visage puis m'embrasse. Ça me fait tellement mal que mes yeux pleurent. À moins que ce ne soit de reconnaissance. Elle me pousse sur le lit et on baise avec une douceur à vous fendre le cœur. Elle est dessus et son visage est tellement lumineux. J'ai mal partout mais d'être en elle, de sentir sa peau sur la mienne, de coller ma bouche à la sienne, c'est comme si ça annulait la douleur. Que c'était trop fort pour elle. Qu'elle la mettait en veilleuse.

Après, j'allume une cigarette et on se la partage serrés sur le matelas trop étroit pour deux.

— Qu'est-ce qu'on fait maintenant ?

— Comment ça ? T'as peur que tes parents se radinent et me trouvent dans ton lit ?

— Non. Enfin… Je sais pas comment ils réagiraient. Mais c'est pas ça. Je veux dire : comment on fait pour lui ? S'il m'a trouvé au parc il me trouvera ici. Et s'il me trouve il te trouve. Il est où, là, à ton avis ?

— À son boulot, je suppose. Attends… Il est quelle heure ?

— 17 heures…

— Merde.

— Quoi ?

— Le petit… T'as une bagnole ?

— Il y a celle de ma mère mais j'ai pas le permis.

— Moi si.

— Pourquoi tu veux une caisse ?

— Pour aller chercher le gosse.

— On peut y aller en bus.
— Et s'il se pointe là-bas ?
— Qu'est-ce que ça changera, d'être en voiture ?
— Je sais pas. Je me dis que là-bas y a du monde. Qu'il osera rien faire. Au pire j'embarque le petit et on se tire.
— Vous vous tirez où ?
— S'il est pas là on revient ici. Et puis après on verra.
— Et s'il est là ?
— Je sais pas.
Elle regarde sa montre. J'ai pas l'esprit clair et elle non plus, mais le gosse l'attend à la garderie et on va pas le laisser comme ça là-bas quand même. Il faut bien agir, dans certaines circonstances. On préférerait pas mais des fois, on a pas le choix. Même moi j'en ai conscience. Je lui fais signe de me suivre et je fouille dans le buffet, trouve les clés de la Clio, un peu d'argent au cas où. Je prends aussi la carte bleue de ma mère, qu'elle utilise jamais et garde planquée dans une boîte à bijoux. Le papier avec le code est juste en dessous, au milieu d'une liasse de cartes postales parce qu'elle a toujours peur de l'oublier le jour où ça pourrait servir. Je ne sais pas pourquoi je fais ça, à quoi je pense que ça pourrait être utile, ce que je m'imagine, mais je le fais. Puis je claque la porte de la maison et on s'engouffre dans la Clio.

Devant la garderie, c'est le défilé des parents qui viennent récupérer leurs mômes. Elle se gare, sort de la voiture et se dirige vers le bâtiment tout en scrutant les alentours. J'ai le cœur qui bat à mille à l'heure et c'est complètement con parce que d'après Leila, l'autre est sûrement à son boulot, planté comme un con devant une boutique avec son costume noir, son talkie et son badge « sécurité ». C'est pas maintenant qu'il faut s'inquiéter, ce sera plus tard, quand il rentrera chez lui et trouvera l'appartement désert. Sa meuf et son fils évaporés. C'est là que ça va se corser. Je ne pense pas qu'il aura besoin de réfléchir longtemps avant de savoir où ils sont. En tout cas s'il sait où j'habite. Ce qui me paraît probable vu qu'il a dû me suivre pour me dérouiller dans le parc. Un petit moment détente avant de partir taffer. Et même dans le cas contraire, à moins qu'il ait vraiment un pois chiche à la place de la cervelle, ça devrait pas lui prendre trop de temps de trouver.

Elle réapparaît au bout de dix minutes qui m'ont semblé des heures. Elle tient le gamin par la main.

Le petit tend vers elle un visage radieux, d'une tendresse, comme aimanté. Il transpire tellement d'amour pour sa mère que ça me fait mal au bide. Les gosses et leur mère, ça fait des mois que j'évite de les regarder. Les gosses tout court en fait. Celui-là va vers ses trois ans. À la rentrée prochaine, la maternelle. À cet âge-là ils feraient craquer n'importe qui, avec leur démarche, leurs questions et leur façon de parler approximative, leur cheveu sur la langue et leur capacité à s'émerveiller pour un rien. Un caillou, un marron, une foutue coccinelle. Un avion dans le ciel. Un vieux ballon tout pourri. Une flaque d'eau. Et ça dure longtemps comme ça. Jusqu'à quand ? Six sept ans peut-être. Après ça devient autre chose. En tout cas moi je suis devenu autre chose, à ce que m'a dit ma mère. J'ai commencé à être anxieux, colérique, capricieux, nerveux. Je pétais mes jouets à coups de marteau dans ma chambre. Je piquais des crises. Je filais des coups des pied dans les tibias de ma sœur. À force elle avait de tels bleus qu'à l'école, l'infirmière lui a posé des questions. Je crois qu'elle se demandait si nos parents la battaient ou quoi. Je me souviens aussi d'Enzo à trois quatre ans. Mon tonton préféré qu'il m'appelait. Pas difficile. Il n'en avait qu'un. Le mec de ma sœur n'a que des sœurs. J'ai plus de nouvelles de lui depuis longtemps. On s'entendait bien pourtant à l'époque. Il était balèze à FIFA.

Leila installe le gamin à l'arrière. Je n'arrive pas à le regarder et je m'en veux. Je voudrais pas que Leila se dise que je m'en fous de son gosse. Tout ce qui compte à ses yeux ça compte pour moi. Ouais. Désolé si je m'emballe. C'est mon côté fleur bleue.

Le gamin demande : c'est qui ?

— Un copain, répond sa mère.
— Il vient avec nous à la maison ?
— Non. On va pas à la maison pour le moment.
— Ah bon. On va où ?
— Prendre le goûter chez lui. Tu verras. Il a un jardin.

Le gosse a l'air OK alors elle démarre en fixant la route. De mon côté j'ai les yeux toujours rivés aux trottoirs, aux rues adjacentes. Je jette un œil dans le rétroviseur, vérifie qu'on est pas suivis. On traverse la ville sans un mot, tendus à mort. On arrive devant chez moi et mes parents sont rentrés. Mon père parle avec un voisin sur le trottoir. Et quand il voit la Clio apparaître dans son champ de vision il fait une gueule pas possible. Je visualise déjà le tableau. Il pensait qu'on lui avait volé la caisse. Se renseignait déjà auprès des habitants du coin. Avaient-ils vu, entendu quelque chose. Aperçu des gens louches (chez lui, c'est simple, louches, ça signifie noirs ou arabes) rôdant dans le quartier ? Leila se gare et mon père s'avance vers nous, éberlué de me voir sortir de la caisse avec mes pansements et ma gueule refaite façon Picasso mais il ne dit rien. Il a surtout l'air surpris de voir Leila au volant. Et quand elle ouvre la porte pour faire sortir son gamin, c'est comme s'il venait de voir apparaître la Vierge ou qu'il n'y avait plus rien à quoi se fier dans ce monde. Je décide de me la jouer naturel et je fais les présentations.

— Leila, une amie. On est allés chercher… (là je me rends compte que je connais même pas son prénom, depuis que je la fréquente Leila m'en parle toujours en disant «le petit», «le gosse» ou «le gamin») son fils à la garderie.

Mon père encaisse, balbutie que j'aurais pu prévenir, laisser au moins un mot, ils ont cru qu'on leur avait tiré leur Clio mais Leila ne le laisse pas finir, se plante devant lui avec son sourire ravageur et ses grands yeux et lui dit :

— Enchantée de faire votre connaissance. Gabi, dis bonjour au papa d'Antoine.

Le petit s'exécute. Mon père s'accroupit pour être à sa hauteur et lui donne du comment ça va p'tit gars. Je crois qu'il vient de fondre comme la neige au soleil mais en plus rapide. Un sourire du gosse, un cheveu sur la langue et le tour était joué.

— Il est où ton jardin ? demande Gabi et mon père lui désigne le terrain d'un geste, avec la balançoire qui ne sert plus depuis longtemps, le petit toboggan et la cabane en plastique.

— Viens, je vais te montrer, lui dit mon père et je sais pas si c'est des idées que je me fais ou quoi mais je crois bien qu'il a les yeux un peu mouillés.

Ma mère sort de la maison et nous regarde, interdite, Leila et moi. Elle s'attarde sur ma gueule et porte sa main à sa bouche dans un cri horrifié mais complètement muet. Puis ses yeux se portent sur Leila, éberlués. C'est la première fois que je ramène une fille à la maison et elle voit tout de suite que Leila est plus âgée que moi et surtout qu'elle a un gosse. Dans quoi je me suis fourré encore, elle doit se demander. Je peux jamais faire les choses simplement. Et encore, je me dis. T'as pas tout vu. Pas tout entendu. Mais pour l'instant je garde tout ça pour moi. Je refais les présentations et ma mère prend son air pincé de quand elle est contrariée. Et il suffit de pas grand-chose pour qu'elle le soit. Recevoir des invités sans être prévenue, les visites à l'improviste, même de gens qu'elle aime, en font partie. Mais ça ne l'empêche pas de prendre son ton de maîtresse de maison pour demander si quelqu'un veut quelque chose à boire.

— Peut-être que Gabi aimerait manger quelque chose. Je dois avoir des biscuits quelque part. Et du jus de fruits.

Leila acquiesce et ma mère disparaît dans la maison pour préparer du thé, des cafés, et des trucs pour le gamin qui rit aux éclats sur la balançoire et hurle à mon père de le pousser plus fort, plus fort, toujours plus fort.

Ma mère a cuisiné un poulet. L'ambiance est forcément bizarre. Mes parents se demandent ce que Leila et Gabi foutent là, à leur table, sous leur toit. Mais mon père a l'air content d'avoir un gosse à amuser. Ça faisait longtemps. Du coup il fait le con, taquine Gabi tant qu'il peut. Ma mère, de son côté, a l'air plutôt terrorisée. Un peu plus tôt je l'ai prise à part dans la cuisine et je lui ai répété ce que j'avais dit à mon père. Leila a des problèmes avec son mec. Un type violent. Elle a besoin qu'on l'héberge. Au moins cette nuit. Ma mère a porté sa main à sa bouche. Puis elle a dit qu'il fallait plutôt aller aux flics dans ce genre de situation. Ou contacter une association. Elle est allée trouver Leila et lui a répété ça mot pour mot. Leila a haussé les épaules.

— Les flics, ils s'en foutent de ce genre de trucs. Tout le monde s'en fout. Vous savez combien de femmes meurent chaque jour sous les coups de leur mari sans que personne n'intervienne ? Et puis il leur faut des preuves. La peur, c'est pas une preuve. J'ai aucune trace de rien. Ça fait des semaines qu'il a pas levé la main sur moi. Mais je sais que ça va recommencer si je rentre. Et puis quoi ? Si les services sociaux mettent leur nez là-dedans qu'est-ce qui se passe ? J'ai pas de boulot. Lui si. L'appart est à son nom. Ils vont me retirer Gabi.

J'étais juste à côté et entendre ces mots, voir les yeux de Leila se voiler, ça m'a troué le bide. Elle en avait dit plus à ma mère en dix secondes qu'à moi en quatre mois. Il faut croire qu'on était aussi balèzes l'un que l'autre pour se cacher des trucs. À ce moment précis mon père est entré dans la pièce et ma mère s'est tournée vers lui.

— Et s'il la trouve ? S'il vient ici ?

Mon père a haussé les épaules. Il a pris son air dur. Son air de viking. Avec ses yeux froids et ses lèvres minces, son visage taillé à la serpe.

— S'il vient il me trouvera. Et j'aimerais pas être à sa place.

Ça aurait pu me faire sourire d'entendre ça dans la bouche d'un type de soixante balais qui flotte dans sa chemise. Surtout si je visualisais l'autre bonobo. Mais mon père m'avait toujours paru fabriqué dans une matière indestructible. Il me collait des branlées au bras de fer, et dans tous les sports possibles quand j'en faisais encore. Peu de chances qu'en deux ans son corps se soit ramolli. Ma mère a désigné mon visage.

— C'est lui qui t'a fait ça ? elle m'a demandé.

J'ai acquiescé d'un hochement de tête. Je pouvais pas faire autrement. J'allais pas lui raconter que je m'étais gamellé en vélo ou quoi que ce soit de ce genre. Ma mère a regardé mon père comme si mon état prouvait quoi que ce soit, à quel point on courait un grand danger. Mon père est sorti sans un mot.

On l'a regardé trifouiller dans le cabanon de jardin. Puis il est revenu et a posé tranquillement deux battes de base-ball dans l'entrée, près du petit meuble où patientait le téléphone fixe.

— Si ça peut te rassurer, il a dit à ma mère.

Puis il est allé rejoindre Gabi qui jouait avec mes vieux jouets sur le tapis du salon en attendant qu'on passe à table.

Après le repas, ma mère me demande de l'aider à préparer la chambre de ma sœur pour Leila et le gosse. Je m'exécute. Je me retiens de suggérer que Leila pourrait dormir avec moi. Déjà sur le principe je crois pas qu'elle accepterait. Elle est hyper-prude, ma mère. Quand j'étais gosse elle a jamais voulu que les mecs successifs de ma sœur passent ne serait-ce qu'une nuit à la maison, même sur le canapé du salon. Ça doit venir de son éducation ou je sais pas, mais souvent elle me fait l'effet de pas être née à la bonne époque. Tout la choque. À la télé. Dans la bouche des gens. Et elle est super pudique. Je l'ai jamais vue embrasser mon père. Je les ai jamais vus avoir des gestes tendres ou équivoques tous les deux. Je l'ai même jamais entendue prononcer un mot grossier. En même temps, avec moi, ça fait une moyenne.

Ça me fait bizarre d'être dans la chambre de ma sœur. J'y fous plus les pieds depuis pas mal de temps. Elle non plus d'ailleurs. Des mois qu'on l'a pas vue. On sait qu'elle va mal. Même si au téléphone elle dit à mes parents qu'elle tient le coup, qu'elle s'en sort. Elle a sûrement besoin d'aide mais elle la refuse. En tout cas venant de nous. On fait le lit. Housse de couette à fleurs. Taies d'oreiller idem pour Leila. Ma mère fouille dans l'armoire et en retrouve une avec Flash McQueen dessus. Elle me demande si Gabi aime *Cars*. Qu'est-ce que j'en sais ? J'ai l'impression d'étouffer, soudain. Mon cœur bat n'importe comment dans ma poitrine.

— Faut que j'aille pisser, je lui dis avant de quitter précipitamment la chambre.

Gabi dort. Et je ne sais pas ce que je fous là. Sur mon téléphone, les messages tombent à la vitesse d'une mitraillette. Des insultes en rafale. Des menaces. Des supplications. Alex souffle le chaud et le froid. Écrit qu'il va nous faire la peau. Puis que je n'ai qu'à rentrer avec le petit et que tout sera oublié. J'arrête de voir ce petit con qu'il a bien amoché et on en parle plus. On repart à zéro. Il fera des efforts. Il sait qu'il a déconné ces derniers mois, ces dernières années. Qu'il me traite pas bien. Qu'il ne s'occupe pas assez du petit. Qu'il ne me laisse pas assez libre. Il va se reprendre. Me couvrira de cadeaux. M'offrira une belle maison. Des vacances. Dans certains SMS il prétend qu'il n'est rien sans moi, qu'il m'aime plus que tout, qu'il ne veut pas me perdre. Dans d'autres il me traite de pute, de traînée, répète que je ne perds rien pour attendre, qu'il va m'apprendre la vie, le respect, l'obéissance. D'ailleurs il sait où je suis. Il arrive.

Qu'est-ce que je fous là ? Chez les parents d'un garçon de dix-huit ans. Ils paniquent et c'est normal.

Mais ils sont gentils. Surtout avec Gabi. Lui, il est aux anges. Il n'est pas habitué à ça. Les jouets que le père d'Antoine a sortis. La balançoire et la cabane dans le jardin. Les tas de livres pour enfants que la mère lui a refilés. Sa housse d'oreiller Cars. *À qui tout ça peut bien appartenir ? À la sœur d'Antoine je suppose. Elle doit avoir un gosse. Si j'ai bien compris elle ne fout plus les pieds ici. Ils ne se voient plus. Ils ont dû s'engueuler à un moment ou à un autre. Je ne peux pas m'empêcher de penser à la mienne, de sœur. Où peut-elle bien être ? Au début elle me faisait signe. Pendant des années, même. Elle m'envoyait une carte postale. Plus tard quand j'ai eu un portable on s'est mises à communiquer via Facebook, Instagram, WhatsApp. Elle disait qu'elle était dans le sud de la France. Qu'elle s'en sortait. Qu'elle enchaînait les petits boulots. Qu'elle avait un mec, parfois. Et puis un jour tout s'est arrêté. Elle a fermé tous ses comptes. Quand je l'appelais je tombais sur un message qui disait que le numéro n'était plus attribué. J'ai tout imaginé. Qu'elle était morte. Qu'elle était à l'étranger. Qu'elle s'était fait enlever. Mais la vérité est sans doute beaucoup plus simple. Elle a sûrement refait sa vie. Et j'étais le dernier élément qui la rattachait à l'ancienne. Elle a préféré couper les ponts pour de bon. Au fond je n'ai jamais su pourquoi elle était partie. Ça faisait des années qu'elle en parlait. Ça me revient toujours en mémoire, cette image de nous deux sur son lit. Nos yeux rivés à la fenêtre. La nuit sur la ville. Les routes et les voies ferrées qui menaient quelque part, loin, ailleurs. Qu'est-ce qu'elle voulait fuir à ce point ? Mes parents ? OK ils n'étaient pas drôles mais quand même. Pas au point de partir sans plus jamais donner de nouvelles. J'ai toujours pensé qu'il s'était passé quelque chose, mais quoi ? Les familles sont tellement pleines de mystères. Si opaques. De loin tout paraît simple mais quand on s'approche, c'est gorgé de secrets dégueulasses, de silences qui cachent des trucs pas clairs, inavouables. Je regarde la chambre de la sœur d'Antoine. Elle non plus ne parle plus à son frère, à ses parents, ou à peine. Qu'est-ce qui s'est passé ? Et Antoine ? Il m'a pipeauté à mort l'enfoiré. Sur son âge. Et sur le reste. C'est juste un ado qui vit chez ses parents. Et eux sont bel et bien vivants. Apparemment il a arrêté le lycée il y a presque deux ans. Comme ça d'un coup. Depuis il glande en cherchant vaguement du boulot. Et ses parents ont pas l'air d'y trouver à redire. Sa chambre, c'est celle de l'ado standard. Celle de sa sœur l'est restée aussi. Rien n'a dû bouger depuis qu'elle a quitté la maison. Je me lève et j'ouvre ses placards. C'est bourré de fringues déjà démodées. D'affaires d'école et de fac classées par année. Sur les étagères, c'est plein de bouquins compliqués. Des romans qui ont l'air trop sérieux dans leur genre. Des livres de cours. Sociologie. Droit. Sciences politiques. Il y a aussi plein de CD. De DVD. Qui garde encore ce genre de trucs chez soi ? Plus personne n'a de quoi les lire, non ? Je retourne sur le lit. J'ai jamais connu ça. Une belle chambre dans une belle maison avec jardin. Où t'entends pas les voisins. Où chacun a son espace à lui. On se sent, je sais pas... Protégé. À l'abri.*

Qu'est-ce que je fous là ? Gabi dort comme un ange. Je suis allongée sur le lit de cette fille que je connais pas. Dans cette maison qui appartient à des vieux dont je n'avais jamais entendu parler. Dans la chambre d'à côté, il y a mon... Mon quoi au fait ? Mon mec ? Mon amant ? Le type qui m'a menti sur toute la ligne ? Je ne sais même pas si je lui en veux. Qu'est-ce que ça change au fond ? Je m'en fous de son âge. Je serais mal placée pour me formaliser de ce genre de truc. Je m'en fous qu'il vive chez ses parents. Je l'envie juste un peu. De la vie qu'il a vécue jusque-là. Avec des vieux qui tiennent à lui. Qui ont l'air de se soucier de lui. De l'aimer. De tout lui passer. De l'épauler. De le soutenir. Dans le confort de cette baraque. Il a l'air fracassé mais je me demande bien pourquoi. Quand t'as ce qu'il a, de quoi t'as besoin de plus pour te tenir droit, pas faire de conneries, avoir confiance en toi et dans les autres ? Et puis franchement, le coup de la musique, de l'artiste, je crois que j'y ai jamais vraiment cru. Je crois que je m'en suis toujours foutue. Ça me faisait pas spécialement rêver, je dois dire. C'est pas ça qui m'a plu chez lui. D'ailleurs je ne sais même pas pourquoi il me plaît tant, ce mec. À part qu'il me fait rire. Et qu'il est doux. Qu'il m'adore. Il faut voir la lueur dans ses yeux quand il me regarde. Je crois que ça peut me suffire à tout lui pardonner. Et puis même si c'est sa faute autant que la mienne si on se retrouve à ce point dans la merde, avec Alex qui nous cherche et va nous démolir, c'est quand même lui qui m'a emmenée ici. Qui nous a mis à l'abri, Gabi et moi. Au moins pour quelques heures. Le seul truc qui me chiffonne, c'est sa façon d'être avec le gosse, justement. Il a l'air en panique dès que le gamin lui adresse la parole ou le touche. Déjà, avant tout ça, il avait pas trop l'air d'aimer quand je lui parlais du petit. C'est pas que ça avait l'air de l'emmerder, mais ça le rendait nerveux.

Mais peut-être que je me fais des idées. Peut-être qu'il est juste pas à l'aise avec les enfants. Ou que c'est un genre de phobie contre laquelle il peut rien.

Allez stop. Je vais essayer de dormir. Mais je crois pas que le sommeil soit près de venir m'engloutir.

La maison est silencieuse. Ma mère est partie se coucher. Leila et Gabi aussi. Ils doivent dormir. J'entends juste les pas de mon père au rez-de-chaussée. Je sais qu'il veille. Je sais qu'il guette. Qu'est-ce qu'il compte faire, au juste ? Passer la nuit debout devant la fenêtre à surveiller la rue ? Se tenir prêt à intervenir à la moindre alerte, attentif au moindre bruit, au moindre mouvement de l'autre côté de la grille ? Je l'imagine avec sa batte à la main. Prêt à l'abattre sur le crâne de quiconque aurait la mauvaise idée de venir nous emmerder. Mais je suis comme lui au fond. Je veille et je guette. J'écoute. Les pas de mon père. Un chien qui aboie sans raison dans la rue. Le passage d'une voiture. Je colle mon oreille au mur et j'essaie de savoir si Leila dort vraiment. Soudain ma porte s'ouvre en douceur.

— Qu'est-ce que tu fous ?

Elle se marre, dans sa chemise de nuit qui a appartenu à ma sœur.

— Tu m'espionnais ?

Ses cheveux défaits tombent sur ses épaules en boucles noires. Dans l'obscurité ses yeux brillent comme des billes ou des pierres précieuses. Elle me sourit et s'approche du lit. J'écarte la couette et elle se glisse contre moi dans le lit étroit.

— Il dort ? je demande.

— Comme un loir.

Elle se pelotonne contre moi, m'embrasse. Jamais j'en reviendrai de la douceur de sa bouche, de sa langue, de sa peau. De ses lèvres qu'elle pose sur chacun de mes hématomes. Elle laisse échapper un rire parce que je la chatouille sans vraiment le vouloir en promenant mes doigts sur son ventre. Je lui fais signe de se taire. Je voudrais pas que ma mère nous entende. Si elle nous trouvait dans le même lit j'imagine même pas la scène. Je me sens pathétique de faire subir ça à Leila alors qu'elle a déjà un gosse, un mec, qu'elle ne vit plus chez ses parents depuis des lustres. Ça me fout les boules de lui imposer ces cachotteries immatures. C'est plus de son âge. C'est pas de son niveau. Je suis pas à la hauteur, je sais bien. Elle mérite tellement mieux que moi. Mais ça ne l'empêche pas de faufiler sa main dans mon caleçon. Je saisis son poignet et je lui demande de ne plus bouger. J'ai entendu un bruit en bas. On tend l'oreille tous les deux. La porte d'entrée s'est ouverte. Je reconnais le son. Peut-être que mon père a besoin d'air. Mais ça m'étonnerait. C'est pas le genre à traîner la nuit dans le jardin, à rêvasser en contemplant la lune, à admirer les étoiles, les nuages d'encre, la noire silhouette des arbres dans la pénombre, à s'emplir les poumons du parfum de fleurs invisibles. Je me lève et me poste à la fenêtre. Enroulée dans la couette, Leila me rejoint. J'essuie la buée sur la vitre pour mieux voir. Mon père est dehors, sa batte à la main. Il se dirige vers le portail. Dans la rue j'aperçois l'ombre massive d'un type. Mon père s'adresse à lui. J'entrouvre la fenêtre pour entendre.

— Vous cherchez quelque chose ?

— Quoi ?

— Ça fait dix minutes que je vous vois devant chez moi. Vous cherchez quelque chose ?

— Ben quoi ? Faut un permis maintenant pour être dans la rue ? Mais ouais. Un peu que je cherche quelque chose. Je cherche ma femme et mon gosse.

— Vous les avez perdus ? Bah, mon vieux, faut faire gaffe à vos affaires… En tout cas y a peu de chances que vous les ayez perdus devant chez moi.

Je peux pas m'empêcher de me marrer en entendant mon père se la jouer Clint Eastwood. D'ailleurs ma mère trouve qu'il lui ressemble. Elle a peut-être pas tort mais j'ai du mal à juger. Les gens qu'on croise tous les jours depuis son enfance, on connaît si bien leur visage qu'on arrive plus à vraiment les voir.

Le type s'approche et bien sûr je reconnais le mec de Leila dans son survêt blanc. Les bandes de ses pompes luisent dans la nuit. C'est le genre de blaireau à claquer la moitié de sa paie en godasses de frimeur. Et qui n'a toujours pas compris que les fringues de sport, c'est seulement pour le sport. À moins d'être un gros plouc ou d'avoir douze ans et demi. Mon père ne bouge pas d'un pouce. Droit comme un I. Tendu à mort. En mode Warrior. Le mec de Leila serre les dents. Dans la lumière des lampadaires je vois les muscles de sa mâchoire et de son cou se contracter, et sa peau virer au rouge. Du regard il parcourt la façade de la maison. Je fais signe à Leila de s'éloigner de la fenêtre en vitesse. Elle sort de la chambre et rejoint Gabi dans celle de ma sœur. Dans le couloir j'entends des pas, puis le craquement de l'escalier. Ma mère a dû se réveiller. J'imagine qu'elle a flippé en regardant mon père parler avec le molosse. Manquait plus qu'elle. Je la vois déjà appeler les flics.

— Je veux voir Leila.

— Je ne connais pas de Leila.

— Elle est ici avec mon gosse.

— Ça m'étonnerait. Je sais quand même qui se trouve sous mon toit.

— Et votre branleur de fils ?

— Il est sorti.

— Où il est ?

— J'en sais rien. Il fait sa vie.

— Ça ouais. Il fait sa vie. Et il fout la merde dans celle des autres.

— C'est possible. Mais ce n'est pas de ma responsabilité. Il est majeur. Il fait ce qu'il veut. Bon vous commencez à m'emmerder. Dégagez ou j'appelle les flics.

— Et qu'est-ce que vous allez leur dire ? Que je suis dans la rue ?

— Vous inquiétez pas. Je trouverai.

Le type pose sa main sur la poignée du portillon. Mon père lui ordonne de s'éloigner et le menace de sa batte. Il lui hurle de dégager.

— Je partirai pas sans ma femme et mon fils.

— Vous êtes bouché, vous ! Je connais pas votre femme. Je connais pas votre fils.

— Laissez-moi entrer que je vérifie. S'ils sont pas là, c'est réglé.

— Ils sont pas là, je vous dis. Il n'y a personne à part moi. Barrez-vous ou je vous colle ma batte dans la gueule.

Le mec de Leila regarde fixement mon père. Je crois qu'il essaie d'évaluer la situation. De se faire une idée des risques qu'il prendrait en entrant quand même. Je sais que quand il rigole pas, mon père peut impressionner. Mais je pensais pas que ça suffirait à dissuader un vigile de trente ans gaulé comme un boxeur poids lourd.

— Dites à Leila qu'elle a intérêt à être à la maison demain matin avec le gosse. Et prévenez votre fils : s'il s'approche encore d'elle, je lui démonte la gueule pour de bon, cette fois.

— Je dirai rien à personne. Je connais pas votre femme. Et s'il arrive quelque chose à mon fils, vous irez en taule. C'est simple.

Sur ce je vois mon père sortir son téléphone de sa poche. La vache. Il a tout enregistré. À tous les coups il bluffe mais quand même, j'hallucine. Le mec de Leila finit par s'éloigner. Je le regarde un moment disparaître dans la nuit, puis je referme la fenêtre et me précipite dans la chambre d'à côté.

— C'est fini. Il est parti.

Leila ne réagit pas. Elle semble terrorisée. Elle serre son fils dans ses bras. Je m'assieds sur le bord du lit. Je caresse ses cheveux. Les embrasse. Je sais pas quoi faire d'autre pour la rassurer. Je me sens tellement impuissant, putain. Je me collerais des baffes. J'ai tellement pas les épaules. Y a qu'à voir. Suffit de comparer. Ce que vient de faire mon père j'en aurais été incapable. J'aurais jamais eu les couilles. Ou simplement le courage. Ce putain de courage. Il paraît qu'il s'agit pas de ne pas avoir peur, mais de savoir la surmonter, d'agir malgré elle. Moi, ça m'a toujours arrêté, la frousse. Et là tout de suite, je suis à deux doigts de faire pareil avec Leila. De lui annoncer qu'il faut plus qu'on se voie. Qu'il faut obéir à Alex. Je suis à deux doigts de la renvoyer chez elle et de me laver les mains de ce qui pourrait lui arriver. Je suis à deux doigts d'être le plus lâche des hommes que la terre ait porté. Et vu la lâcheté moyenne de l'homme moyen, c'est pas rien.

— Faut qu'on se tire d'ici, je finis pas lui dire.

Et j'en suis le premier étonné. Je ne sais même pas de quel recoin de mon cerveau ça sort.

— Et on ira où ?

— Je sais pas. T'inquiète. On trouvera.

— Et s'il revient ?

— Eh ben il reviendra.

— S'il s'en prend à tes parents ?

— C'est pas après eux qu'il en a. Et puis tu peux être sûre que dès demain matin mon père ira chez les flics pour leur signaler qu'un type est venu l'emmerder et a tenté de pénétrer chez lui.

Leila reste silencieuse. Je la fixe un instant et j'ai du mal à y croire. L'espoir qu'il y a soudain dans ses yeux. Comment c'est possible. Qu'elle écoute les conneries que je lui balance. Qu'elle ait l'air d'y croire. De me faire confiance. Qu'elle soit prête à se barrer avec moi. Alors que j'ai aucune idée de ce que je suis en train de faire.

Je réfléchis pas. Je continue sur ma lancée, même si c'est du flan. Je retourne dans ma chambre et j'enfile mon jean, un tee-shirt, un vieux sweat. J'ouvre un sac et j'y enfourne quelques affaires, mes papiers. Je retourne dans la chambre de ma sœur et j'attrape tous les vêtements que je peux pour Leila, des vieux trucs que mes parents ne se sont jamais résolus à jeter ou à donner, comme tout ce qui nous concerne depuis notre naissance. La baraque est remplie de nous jusqu'au dernier tiroir.

Leila se rhabille et prend Gabi dans ses bras. On sort de la chambre et on tombe direct sur mes parents.

— Où vous allez comme ça ?

— On se tire.

— Quoi ?

— On prend la Clio et on se tire loin d'ici.

— Pour aller où ?

— J'en sais rien. Quelque part où Leila et Gabi seront à l'abri.

— Mais je comprends pas, glapit ma mère. Qu'est-ce que tu as à voir avec tout ça ? Dans quoi tu t'es fourré ?

— T'as pas encore compris, maman ? On est ensemble Leila et moi. C'est pour ça qu'il pète les plombs. On aurait peut-être pas dû mais maintenant c'est trop tard. Ce type est dingue.

Mes parents secouent la tête, effondrés, dépassés par les événements. Ma mère insiste. Elle ne veut pas être insensible mais enfin, Leila n'a qu'à rentrer chez elle, on a qu'à arrêter nos conneries et tant pis.

— Maman, je te dis que c'est un taré. Il va s'en prendre à elle. À Gabi. Ça va mal tourner si on reste dans les parages.

Mon père reparle d'aller voir les flics mais Leila lui répète qu'elle ne veut pas en entendre parler.

— Et si vous vous tirez et que lui y va, aux flics, qu'il dépose une plainte pour enlèvement d'enfant, reprend ma mère.

— Il fera jamais ça, croyez-moi. Les flics, il peut pas les blairer. Ce serait pas bon pour ses affaires.

— Quelles affaires ? Je croyais qu'il était vigile.

— Il est vigile. Mais pas que. Il trempe dans des tas de trucs pas clairs.

Encore un truc que Leila m'avait caché. À moins qu'elle ait balancé ça pour clore la conversation. Mais j'ai pas le temps de démêler tout ça. On s'engage dans l'escalier et mes parents nous suivent, désorientés, impuissants. Une fois en bas ma mère devient hystérique. Elle m'interdit de quitter la maison. De prendre sa voiture. Supplie Leila de rentrer chez elle. Ou d'appeler les services sociaux. Gabi s'est réveillé et chiale tout ce qu'il peut. C'est le boxon. L'hystérie collective. Mon père hurle à tout le monde de se calmer. Nous dit de nous asseoir, il faut réfléchir, ne pas se précipiter. Mais ma mère n'arrive pas à redescendre. Elle est en panique totale. Et si on se tire et que l'autre revient ? J'y ai pensé à ça ? Mon père intervient.

— Qu'est-ce tu veux qu'il nous fasse ? Qu'il nous torture jusqu'à ce qu'on lui dise où ils sont ? Tu regardes trop de films.

Sur ce il fouille un moment dans le bureau.

— Qu'est-ce que tu cherches ? lui demande ma mère.

— Les papiers de la Clio.

— Je les ai déjà, je réponds. Et j'ai aussi la carte bleue de maman.

Mon père me dévisage médusé. Mais il ne dit rien. Hoche gravement la tête. Me donne sa bénédiction silencieuse. Je fais signe à Leila et on sort de la maison. Elle se dirige vers la voiture tout en couvrant le crâne de Gabi de baisers. Mon père surveille la rue. Et on le fait. Pour de bon. On démarre et la voiture s'enfonce dans la nuit.

Une heure plus tard on est sur l'autoroute du Sud. Gabi dort allongé sur la banquette arrière. Demain il faudra lui acheter un siège spécial mais en attendant, la seule chose à faire, c'est de prier pour ne pas croiser de gendarmes. Leila conduit les yeux fixés sur l'horizon noir déchiré par les phares. On dépasse des camions interminables et la caisse vibre un peu au passage. Je plisse les yeux comme quand j'étais petit, pour que tout se réduise à des traînées de lumière. Dans la bagnole il n'y a que les vieux CD de maman. Un best of de Souchon, des trucs de Cabrel. Moi ça me va mais elle, c'est pas sa came. Déjà, elle aime pas quand ça chante en français. Elle trouve ça ringard. Alors on écoute la radio en changeant de station en permanence. On chante comme des tarés. On zappe dès qu'il y a de la pub ou les infos. Au bout d'un moment, Leila me dit qu'elle a trop sommeil. Qu'il lui faut un café. Elle met le clignotant et on s'arrête dans une station Total.

Le parking est presque vide à part les semi-remorques garés un peu plus loin. Quand j'étais gamin ça me faisait rêver, les mecs qui conduisent ces engins, passent leur vie sur les routes à acheminer des cargaisons, dorment à l'intérieur avant de se remettre au volant. Ça m'impressionnait toujours de les voir se débarbouiller devant les miroirs des stations quand on prenait l'autoroute avec mes parents et ma sœur pour aller dans le Sud. On roulait toujours de nuit. Mon père ne voulait pas gâcher le moindre jour de congé. Même si une fois arrivé il était tellement crevé qu'il passait son temps à dormir et mettait une semaine à récupérer. Heureusement, il en restait une autre pour vraiment profiter. On partait pas longtemps après la fin de l'école, mon père s'arrangeait toujours pour rentrer tôt la veille des vacances, et on arrivait le lendemain pour le petit déjeuner. Au milieu du trajet il faisait juste une sieste d'une heure ou deux. Le boucan des bagnoles filant sur l'asphalte, le bourdon des moteurs, ça le berçait, il disait. Peut-être que lui aussi se prenait pour un chauffeur routier. Que lui aussi ça l'avait fait rêver, gamin, de passer sa vie sur la route, de fendre la nuit en solitaire, aux commandes d'un monstre. Ma mère, par contre, elle détestait ces trajets. Elle avait peur qu'il s'endorme au volant, que les litres de café qu'il s'envoyait et la radio en permanence ne suffisent pas à le tenir éveillé. Lui, je crois qu'il adorait ça. Rouler avec sa femme et ses enfants endormis près de lui. Être ensemble en silence. Ça avait toujours été son truc. Pas besoin de se parler pour être bien, il disait toujours. Du moment qu'on est ensemble.

On entre dans la petite boutique. Je porte Gabi endormi dans mes bras et le contact de son petit corps contre le mien, ça me fout des décharges électriques qui me grillent le cerveau. Mais j'essaie de me contrôler. De rien laisser paraître. Leila flâne dans les rayons en attrapant des paquets de chips, des canettes de boisson et des bonbons. On ne voit qu'elle dans la laideur banale de la station-service. On dirait une star de ciné égarée dans le grisâtre de la vie normale des gens normaux. Même éclairée au néon, des sachets de mini-saucisson Justin Bridou et de Babybel à la main, elle est à couper le souffle. Je lui demande si vraiment elle compte acheter tous ces trucs. Elle me répond que oui. Boire et manger, il n'y a que ça qui puisse la tenir éveillée. Puis elle se prend un café serré à la machine. Je la regarde boire en soufflant sur le liquide brûlant, avec ses longs cheveux sombres ondulés et ses grands yeux noirs. Je crois que je m'en lasserai jamais, de la regarder. Je crois que je cesserai jamais d'être surpris par sa beauté. D'être ému par le moindre de ses gestes, ses petites mimiques, ses manies. Mais elle, qu'est-ce qu'elle fout avec moi ? Comment peut-elle croire que je suis capable de la protéger, de l'emmener quelque part, de la mettre à l'abri, de lui offrir quoi que ce soit de plus ou de mieux que son mec ? Putain, elle a bien vu que je vivais chez mes parents, que j'ai tout juste dix-huit ans, que je suis qu'un putain de loser qui débloque. Elle sait que je lui ai menti sur tout. Depuis qu'on roule elle ne m'a pas posé la moindre question. Plusieurs fois elle a lâché le volant pour me caresser la joue du bout des doigts, m'écarter du front une mèche de cheveux. Elle m'a même pas demandé où on allait exactement. Après qu'on a quitté la maison de mes parents j'ai eu une illumination, je lui ai dit que je connaissais un endroit où on serait peinards et ça a semblé lui suffire.

Elle a fini son café. Je lui refile Gabi et elle se dirige vers la caisse pendant que je vais aux chiottes. Devant les lavabos je m'examine. J'ai l'air d'un boxeur poids plume qui vient de se prendre une bonne branlée. À côté de moi un type en costard me regarde de travers. Qu'est-ce qu'il fout sur la route en costard à une heure pareille ? Qu'est-ce qu'il a à me mater ? Je lui demande s'il veut ma photo et il s'éloigne à pas rapides. Je sais que c'est pas ma carrure qui l'impressionne. Ni même ma gueule amochée. Juste ma jeunesse. Passé un certain âge tout le monde a peur des jeunes. De nos corps tendus comme des arcs, des nerfs qui affleurent sous la peau, de notre agressivité, de notre imprévisibilité. Dans ma poche, je sens mon téléphone vibrer. C'est ma mère. Je ne décroche pas. J'attends qu'elle laisse son putain de message. Je me sèche les mains pendant ce temps-là. Puis j'écoute et elle me demande où on est, si tout va bien, si on a trouvé un endroit. Et puis à la fin elle ajoute que papa va aller faire une déclaration chez les flics demain matin. Qu'il ira leur dire qu'un type est venu me menacer et a tenté d'entrer chez nous. Il donnera son signalement. Et leur remettra l'enregistrement (putain, moi qui pensais qu'il bluffait, il est vraiment dingue, mon père). Il faudrait juste que je donne son nom. Rappelle-moi. À tout à l'heure mon chéri. Après ça j'éteins mon téléphone et je me dis que je déciderai une fois arrivé ce que je ferai. Je suis pas certain que ce soit une bonne idée d'aller voir les flics. S'ils viennent le choper et qu'il déballe tout on risque d'être dans la merde. Je sais pas comment ça marche mais je suis pas sûr qu'une mère ait le droit de se casser comme ça avec son gosse sans l'accord du père. En même temps je peux pas m'empêcher de flipper pour mes parents. Et s'il revenait les voir et les menaçait jusqu'à ce qu'ils lui disent où on est ? Pour l'instant ils ne le savent pas mais ils risquent de pas mettre longtemps à deviner. Vu qu'il n'y a pas non plus cent cinquante endroits où je pourrais me réfugier et planquer une femme et son gamin.

Quand je sors des chiottes je vois Leila l'oreille collée à son portable. Puis elle raccroche et fait une drôle de gueule. Je m'approche d'elle et l'interroge du regard.

— C'était lui. Il dit que si je suis pas rentrée dans l'heure il vient me chercher où que je sois. Qu'il y a pas un endroit sur terre où il me retrouvera pas. Qu'il a bien vu qu'il manquait une bagnole devant chez tes parents. Et que ça va chier.

Je lui prends son téléphone des mains et le démonte. J'enlève la batterie, j'extrais la carte SIM, la pète en deux, je balance tout à la poubelle et je sors de la station. Elle me court après en demandant ce qui me prend.

— On peut être suivi à la trace avec ces trucs-là.
— Quoi ? T'es malade ? Tu te crois sur Netflix ?
— Pas du tout. Je te jure. Avec la géolocalisation, il peut savoir où on est en temps réel.
— N'importe quoi. Il est trop con pour penser à un truc pareil. Et puis il serait incapable de savoir comment s'y prendre.
— Ouais, peut-être. Mais il a sûrement des potes qui seraient capables de lui montrer. C'est toi qui as dit qu'il trempait dans des trucs pas clairs. Si c'est le genre de trucs à quoi je pense il doit avoir des tas de types dans son entourage capables de nous retrouver en moins de deux.

Elle me regarde d'un air dubitatif, puis semble se ranger à mon avis. En souriant elle me montre le sac. On va se faire un petit festin, elle me dit. Elle a pris plein de bonbecs hyper-acides qui te piquent la langue et tout l'intérieur de la bouche. Et on remonte dans la bagnole.

On roule des heures sans s'arrêter. Avec les phares des voitures d'en face qui nous aveuglent, la nuit profonde sur les champs presque invisibles, les enseignes lumineuses des stations-service et les lueurs des villes au loin. Je la nourris à la béquée pendant qu'elle fixe la route et ça la fait marrer de me mordiller les doigts quand je fourre une chips entre ses lèvres. Sur la banquette arrière, Gabi dort à poings fermés. De temps en temps il respire un peu fort, il ronfle presque ou gémit dans son sommeil, au gré de ses rêves. J'essaie de pas réfléchir à la suite. Ou alors seulement à ce qui nous attend de bien. On arrivera là-bas au petit matin. On longera la mer et les collines caressées par le soleil levant. On traversera le village endormi aux commerces encore fermés. Je lui montrerai le bar de plage, le snack, le club nautique, les hôtels avec leurs enseignes bleues et roses, les rangées de palmiers sur la promenade, le massif cramoisi au loin, je lui parlerai des calanques et des coins sauvages, lui ferai admirer les plus belles villas. Puis on prendra la petite route qui serpente à flanc de colline entre les maisons roses. Un virage en épingle et je lui dirai de se garer. Je pousserai le portillon et descendrai l'escalier en lui faisant signe de me suivre. Les volets seront clos, les maisons voisines fermées pour la saison. Tout sentira la résine et la terre sèche, la roche et l'air marin. Je contournerai la bâtisse et trouverai la clé planquée sous les tuiles entreposées sur la terrasse. Leila me demandera enfin où on est et je mettrai mon doigt en travers de ma bouche en signe de silence. Je ne lui parlerai pas de mes grands-parents, de la baraque où ils ont fini leurs jours, qu'aucun de leurs enfants ne s'est résolu à vendre, qu'on se partage pour les vacances dans la famille, même si ça coûte un bras à entretenir pour si peu de jours passés dedans. Des étés entiers que j'ai passé là enfant, adolescent. Je lui prendrai la main et la mènerai sur la terrasse. Au loin la mer se déploiera en douceur, bordée de roches rouges. Tout sera calme et lumineux. Puis nous entrerons dans la maison. Ouvrirons les volets. Monterons les radiateurs. J'allumerai la chaîne et mettrai un vieux de disque de jazz de mon grand-père. Billie Holiday. Je fouillerai dans le bar et nous servirai deux whiskies. Puis on s'écroulera sur le lit face à la baie vitrée. On regardera la mer jusqu'à ce que nos yeux se ferment de fatigue. Et on s'endormira enlacés.

II

en cavale

Au début tout se passe comme prévu. Le jour s'est levé. Gabi est réveillé. On quitte l'autoroute et on rejoint le bord de mer. La lumière nous inonde. L'eau s'étend à perte de vue. Le gamin pousse des petits cris de joie. Il a l'air émerveillé. Leila aussi. Elle en revient pas de la couleur de l'eau, du rouge orangé des roches un peu partout, des cactus géants, des palmiers. Du soleil qui repeint tout en douceur, se dépose sur chaque chose comme une fine poudre d'or.

— On se croirait dans une de ces pubs pour les bagnoles, tu sais, où ils roulent pendant des plombes sur des routes magnifiques surplombant la mer.

— C'est normal, je réponds. C'est ici qu'ils les tournent.

On traverse la station. Je lui fais les présentations. Ici ils servent des super-cocktails. Là, les chocolats sont hyper-bons. Cette épicerie, c'est même pas la peine, c'est plus cher qu'à Paris. Les burgers de ce snack sont OK. Eux, leur pain est dégueu. Ici, c'est les meilleures pizzas du coin. Là, c'est le tabac. Là, c'est la poste. Là, c'est là qu'on prenait toujours nos glaces avec ma sœur.

Avant de monter à la maison on se gare le long de la plage. Le bar est ouvert. Je dis à Leila qu'on va se prendre un petit déjeuner les pieds dans le sable. Jus d'orange frais. Croissants. Café. Tout ça au soleil et dans l'air déjà tiède. La putain de grande vie.

— C'est dingue. C'est le matin et il fait déjà hyper-doux, lâche Leila en tendant son visage vers les rayons.

Je m'allume une clope. Gabi joue dans le sable un peu plus loin. S'approche de l'eau et recule en riant à chaque fois que le léger ressac menace de mouiller ses pieds. J'essaie de fermer mon cerveau à double tour. De cadenasser ma mémoire. D'empêcher d'autres images du même genre de m'assaillir. Et je crois que j'y parviens. J'aspire la fumée. Je recrache un nuage. Je suis bien. Leila a glissé sa main dans la mienne. On a vidé nos verres, dévoré nos tartines. Des croissants ne restent plus que des miettes éparpillées sur la table. Le café était bon. Ouais, putain. Je suis bien. Vraiment bien. Comme si toute cette lumière, la mer à perte de vue, les parfums dans l'air, tout ça me lavait pour de bon. Je ferme les yeux. Leila aussi. Au bout d'un moment je sens un léger poids sur mon bras. C'est la main de Gabi. Il me demande si on va rester longtemps ici. S'il pourra faire des châteaux, si on pourra jouer au ballon. D'un geste je lui montre la petite boutique de l'autre côté de la route qui longe la plage.

— Quand ce sera ouvert on ira faire un tour. Je t'achèterai ce que tu veux. Et puis tu verras, à la maison, il y a plein de trucs.

— La maison ? m'interrompt Leila.

— Ouais. La maison. Ça appartenait à mes grands-parents. Maintenant c'est toute la famille qui se la partage. Mais personne vient, à part l'été.

— Et t'as les clés ?

— Je sais où elles sont.

— C'est où ?

Je lui montre la colline et les petites villas roses entre les arbres.

— Là-haut. C'est pas grand mais de la terrasse on voit tout. La mer. Les collines. Tu vas adorer.

Elle approche son visage du mien et me colle un baiser profond entre les lèvres. Gabi nous regarde effarés.

— C'est ton amoureux ? il demande.

— Ouais.

— Mais c'est même pas un adulte !

— Eh oh, je fais. Si, quand même.

— T'as raison, chéri. C'est pas vraiment un adulte. Mais il me l'a pas dit quand on s'est rencontrés.

— Ça se voit, pourtant, fait Gabi.

— Ben moi j'avais pas vu.

— Et papa ?

— Papa quoi ?

— Papa, c'est plus ton amoureux ?

— Papa on s'en fout.

Gabi la scrute un moment, interloqué. Il semble réfléchir. Puis un grand sourire se dessine sur son visage.

— Ouais, on s'en fout. Je te préfère toi, de toute façon, me lance-t-il avant de retourner jouer dans le sable avec des bouts de bois, des coquillages, et même une petite voiture en plastique qu'il a trouvée en creusant.

C'est après que ça se complique. On remonte dans la voiture, on longe la mer deux minutes et on vire au niveau du petit centre commercial. Ils l'appellent comme ça ici mais c'est juste une boulangerie qui vend aussi du vin, une pizzeria, un resto vietnamien, un marchand de journaux que ma grand-mère surnommait « le con » et une boutique de souvenirs provençaux. On longe les tennis puis on se glisse sous les voies ferrées au moment même où passe le TGV pour Nice. Sitôt disparu, Gabi en réclame un autre et je lui dis de patienter, on a tout le temps, il en verra des tas, des TGV filant vers l'Italie.

— Ils vont vraiment en Italie ?

— Certains, oui.

— Je veux y aller aussi !

— T'inquiète, on ira.

Après ça on arrive à la barrière et là je me rends compte que j'ai oublié qu'il y avait ce putain de code. Je jette un œil à la maison du gardien mais elle est fermée. De toute façon je suis pas sûr qu'il me l'aurait donné. Il ne me connaît pas. Ça fait plusieurs années que je suis pas venu et même, il fait attention qu'aux parents. Il n'y a qu'eux à qui il a affaire. Et encore. J'ai jamais compris à quoi il servait, ce type. Mais bon. Je m'affole pas. Je surveille la route dans le rétroviseur. Il y a bien une voiture qui va finir par se pointer. On attend dix minutes comme ça. Gabi s'impatiente et ça me tape un peu sur les nerfs de l'entendre chouiner à l'arrière. Il dit qu'il a mal au cœur. Qu'il veut retourner à la plage. Leila essaie de le calmer mais même elle je crois que ça la gave. Heureusement une Mercedes se pointe. Je dis à Leila de la laisser passer et de la coller au cul.

— La barrière redescend super vite. C'est prévu pour une seule voiture.

La barrière se lève. Leila la suit au plus près. Sitôt la bagnole de devant passée, la barrière redescend et je l'entends qui cogne contre le coffre de la Clio. Gabi pousse un cri. Leila accélère. C'est bon. On est passés. Plus de peur que de mal. Au pire ça aura un peu enfoncé la tôle.

— C'est rien, je lui dis. Y a les codes à la maison. Et même une commande électronique. On peut pas penser à tout…

La voiture grimpe la route en lacet le long de la colline. Partout la lumière caresse les oliviers, les arbousiers, les chênes-lièges et les eucalyptus. À un moment je vois un écureuil et je le montre à Gabi mais le temps qu'il regarde, l'animal a disparu. Je lui dis que c'est pas grave, qu'il en verra d'autres, et aussi des biches s'il a de la chance. Et des sangliers comme dans Astérix. Un dernier virage et on y est. J'indique à Leila où se ranger mais il y a un truc qui me chiffonne. Une voiture est garée devant la maison. Immatriculée en région parisienne. C'est peut-être rien. Les voisins. Des gens qui louent à côté. Seulement, ce qui me fait tiquer, c'est le portillon pas fermé. Je descends l'escalier qui mène au jardin, Leila sur mes pas. Je lui conseille de faire gaffe parce que c'est raide et qu'elle a le gamin dans les bras. On fait le tour de la baraque. Leila pose Gabi par terre, ils sont émerveillés par la vue. Mais moi j'ai pas le cœur à en profiter. Sur la terrasse, les meubles de jardin sont sortis. Table en plastique. Deux chaises. Un cendrier rempli de mégots.

Il y a même un verre. Une chaise longue a été dépliée et postée sous l'olivier. Je jette un œil aux fenêtres et bien sûr les volets ne sont pas fermés. Je fouille sous les tuiles. Pas de clé. Logique. Vu qu'apparemment il y a déjà quelqu'un. Qui ça peut être ? Un oncle ? Des cousins ? On refait le tour de la maison et la porte d'entrée s'ouvre quand j'abaisse la poignée. On entre. Tout est parfaitement silencieux, à part le bourdonnement du frigo. Gabi pénètre dans la cuisine, complètement en bordel, poursuit sa visite en se dirigeant vers le salon. La grande table en bois et les vieux fauteuils. Le canapé défoncé, la chaîne hi-fi, la télévision. Le grand buffet bourré de livres et de jeux de société. Le bar rempli de bouteilles et de verres en cristal. Il grimpe les escaliers vers la mezzanine où se dressent deux lits. De mon côté j'inspecte la chambre de devant qui, comme le salon, donne sur la terrasse. Le canapé-lit n'est pas déplié. Toujours personne. Reste la chambre de derrière. Je longe la salle de bains. Les toilettes. La porte est fermée. Je l'entrouvre. Un cri. Je comprends tout de suite. C'est Lise. Ma frangine. Qu'est-ce qu'elle fout là, bordel ?

— Qu'est-ce que tu fous là, bordel ?

— Je pourrais te demander la même chose.

Lise s'habille en vitesse pendant que je rejoins Leila et Gabi sur la terrasse. Au passage je regarde un peu mieux le salon. Une assiette sale et des couverts traînent près d'un verre pas fini et de deux bouteilles de vin, dont l'une est vide et l'autre presque. Un paquet de clopes écrabouillé. Un autre d'où sortent deux cigarettes. Une plaquette de médicaments. Et la voilà qui réapparaît, lunettes de soleil sur le nez, un peu chancelante, amaigrie, des cernes comme des valises sous les yeux. Elle s'arrête net en nous découvrant tous les trois.

— C'est qui eux ?

— Je te présente Leila. Et son fils Gabi.

— Et vous vous pointez comme ça, genre, pour les vacances ou je sais pas quoi.

— Ouais. Enfin… Je pensais qu'y avait personne.

— Et vous êtes venus comment ?

— Dans la Clio de maman.

— Tu conduis, toi ?

— Non. C'est Leila. On a roulé toute la nuit. On est complètement claqués.

— Et qu'est-ce que vous comptez faire maintenant ?

— Comment ça ?

— Ben vu que je suis là. Vous pouvez pas rester.

Leila s'approche de nous et commence à parler à ma sœur avec cette voix douce et ce sourire qui rendraient dingue n'importe qui, pendant que Gabi s'agrippe à sa jambe et suce son pouce avec toute la mignonneté dont il est capable. Comme si lui aussi avait conscience qu'il allait y avoir du boulot pour amadouer ma sœur. Leila désigne la mezzanine, la deuxième chambre. Il y a de la place, elle dit. On essaiera de ne pas déranger. Et puis on fera les courses, les repas, le ménage, tout.

— De quoi tu te mêles, toi ? T'es de la famille ? T'es chez toi ici ? Non ? Moi si. Et tant que j'y suis j'entends y rester seule sans personne pour m'emmerder. Et surtout pas lui, grince Lise en me désignant.

Je dis à Leila d'aller se faire un petit café dans la cuisine, il y a sûrement aussi du sirop pour le gosse. Elle hoche la tête et s'éloigne en tirant Gabi par la manche. Elle est pas con Leila ; elle a bien compris que j'avais besoin de parler seul à seul avec Lise. Et là j'ai plus le choix. Je raconte tout à ma frangine. Ma rencontre avec Leila au Pôle emploi. Son connard de mec. Le plomb qu'il a pété. Ses antécédents de violence envers elle. La gueule qu'il m'a refaite. Comment Leila s'est réfugiée chez nous avec Gabi. Comment l'autre s'est pointé et s'est fait recevoir par papa. La décision qu'on a prise de se barrer et de venir ici et d'y rester le plus longtemps possible. Ça et ce qui suit, je le lui raconte en même temps que je l'invente. Comme si j'avais un plan bien en tête alors qu'il me sort de la bouche sans que j'ai rien préparé. Je lui sors aussi qu'on avait pensé rester jusqu'aux vacances d'été. Jusqu'à ce que les oncles et tantes et les cousins rappliquent. D'ici là on aura trouvé du boulot, on pourra louer un appart dans le coin, ou au pire un mobil-home. On va recommencer notre vie ici tous les trois, Leila le gosse et moi. Même moi je me rends bien compte que je raconte n'importe quoi, que je fais des plans qui tiennent pas la route, que je me mets à parler d'avenir, de jours, de semaines, de mois, alors qu'on vient à peine d'arriver, qu'on cherche juste à se planquer, qu'on a fui sans penser à la suite. Lise me regarde d'un air narquois.

— Recommencer quoi ? T'as jamais rien commencé du tout. T'as juste dix-huit ans. Tu branles rien. Tu vis aux crochets des parents. De quoi tu me parles ? Elle est mariée. Elle a un gosse. Tu crois qu'on peut recommencer quoi que ce soit avec toi ?

— Pourquoi pas ?

— Parce que t'es une merde, peut-être. Parce que tu vaux que dalle. Parce que t'es qu'un gosse. Parce que t'es pas fiable. Parce qu'on peut pas compter sur toi. Parce que tu détruis tout ce que tu touches. Parce qu'elle s'en apercevra vite.

— Peut-être. Mais même si elle me lâche en route, au moins elle sera loin de lui. Et son gosse aussi.

— Et s'il vient les chercher ?

— Il viendra pas.

— Si tu le dis.

— Lise. Je t'en supplie. Laisse-nous rester. Au moins quelques jours. Le temps qu'on se retourne.

Qu'on s'organise. Et puis merde, je suis autant chez moi que toi, ici.

— Non. Après ce qui s'est passé, non. T'as plus aucun droit. Juste celui de fermer ta putain de gueule.

— Écoute, je m'en fous de ton avis. Nous on s'installe. Si t'es pas contente tu te tires. On te retient pas.

Sur ce j'appelle Leila et elle débarque en faisant mine que tout va bien, qu'elle a rien entendu. Elle porte un plateau avec des tasses et un broc rempli de café. Elle a trouvé aussi des biscuits, un jus de pomme pour le gosse. On s'installe sur la terrasse. Genre l'ami Ricoré, l'ami du petit déjeuner. La famille unie sous le soleil, face à la baie miroitante. Une vraie pub à la con. Furax, Lise nous observe bras croisés dents serrées. Elle soupire, secoue la tête, mais on fait comme si elle était pas là. Ça me fait de la peine de la lui jouer comme ça, je sais qu'elle a toutes les raisons du monde de m'en vouloir à mort, mais qu'est-ce que j'y peux. J'ai pas vraiment le choix. On est venus se réfugier ici et on a nulle part où aller. Au bout d'un moment, elle finit par se diriger vers sa chambre et claque la porte.

Je retourne dans le salon. Je fouille dans le tiroir. Je trouve le double des clés et les fourre dans ma poche. Il y a aussi le papier avec les codes de la barrière. Je les note dans mon portable. L'icône de la messagerie clignote. Ma mère m'a laissé une dizaine de messages. Je ne les écoute pas. Lui envoie juste un texto pour la rassurer. Tout va bien. On est en lieu sûr. À Agay. Et Lise est là elle aussi. Comment ça, Lise est là ? répond immédiatement ma mère. Ben elle est là. J'en sais pas plus, je tapote. Et j'éteins le téléphone.

Je chope une bouteille de whisky au passage dans le vieux bar en noyer et je rejoins Gabi et Leila sur la terrasse. J'allonge les cafés. On boit ça face à la baie. Le soleil est haut maintenant. Aux abords des calanques la mer est d'un turquoise à vous rayer la rétine. Les roches ont quitté leurs teintes pastel pour revêtir un orange intense. Genre tenue de gala. Jour de fête. Grosse soirée en perspective. Tout serait vraiment parfait si Gabi ne me tannait pas avec les jouets que je lui ai promis. Je finis par ouvrir le cabanon de jardin. C'est bourré de seaux et d'arrosoirs de plage, de pelles et de râteaux, de moules en plastique et de ballons, de bouées gonflables et de pistolets à eau. Des trucs dont certains datent de ma propre enfance, d'autres qui ont appartenu à Enzo, et des achats plus récents, quasi neufs. Le gamin est aux anges. Bien joué. Il va me lâcher un peu. Quand je reviens sur la terrasse, je vois que Leila tombe de sommeil. Elle a les paupières closes et sa tête se balance au bout de son cou comme s'il n'avait plus la force de la soutenir.

— Tu ferais mieux d'aller te reposer.

Son corps est pris d'une secousse. Comme si je l'avais réveillée en sursaut. Elle rouvre les yeux et me regarde. Elle a l'air complètement perdue. On croirait qu'elle ne sait plus ce qu'elle fout ici, comment on est arrivés là, où on est exactement.

— Va dormir un peu. T'inquiète pas. Je surveille Gabi.

— T'es sûr ?

Je suis loin de l'être mais je lui affirme que oui. Je regarde le gosse au milieu de ses jouets, heureux comme tout assis dans la terre orange du jardin, parmi les arbustes et les fleurs. À moins que je m'endorme à mon tour, je ne vois vraiment pas ce qui pourrait lui arriver ici.

Dans le vieux buffet, j'ai trouvé des bouquins pour enfants. T'choupi, Trotro. Mimi la souris. Ce genre de trucs. Certains ont appartenu à Enzo. Je les revois dans sa petite bibliothèque en forme d'arbre près de son lit bleu. Je sais pas comment ils ont atterri ici. Gabi les dévore callé dans le rocking-chair. De temps en temps il demande quand est-ce qu'on va aller à la plage et je lui réponds bientôt, bientôt, quand ta mère sera réveillée, elle a conduit toute la nuit, elle est crevée.

— Mais il fait jour. C'est la nuit qu'on fait le dodo, il me dit, et je ne sais pas quoi lui répondre.

Sa logique est implacable. Et je me vois pas me lancer dans un discours comme quoi la nuit, c'est pas seulement fait pour pioncer, ni lui vanter les bénéfices qu'on peut tirer de journées consacrées au sommeil quand on est un garçon dans mon genre, rongé d'angoisses et pas vraiment tourné vers la vie active, la vie des winners, la vie des gens biens, la vie normale des gens normaux.

J'entends du bruit dans le salon. Je jette un œil et c'est Lise. Elle nous rejoint sur la terrasse, s'assied à côté de moi, s'allume une clope, se sert un whisky.

— Oh là là, je lance, tu commences tôt, toi !

— Et toi alors, elle me répond en désignant la bouteille.

— Moi c'est pas pareil, pour moi c'était la fin de la nuit.

— C'est ça, fais-moi la leçon. Avec tout ce que tu t'envoies depuis des mois. Je suis au courant, figure-toi. Les parents m'en parlent quand je les ai au téléphone. « On est inquiet pour Antoine. On pense qu'il boit. Et qu'il force un peu trop sur les joints. » Je les écoute parler. Pour ce que j'en ai à foutre. Et j'en ai rien à foutre non plus que ce soit le jour ou la nuit. Ça fait longtemps que ça n'a plus d'importance, pour moi.

— Je sais, j'ai répondu. Je sais.

— Ouais. Tu sais. C'est ça.

Puis son regard dérive un peu et finit par se poser sur Gabi qui chantonne en tournant les pages des *Trois Brigands*. Elle s'attarde un peu. Et ça ne manque pas. Je vois des larmes voiler ses yeux. Elle remet ses lunettes de soleil et ses mâchoires se crispent.

— Ça fait longtemps que t'es là ? je lui demande.

— Je sais plus. Un mois peut-être.

— Et ton boulot ?

— J'ai plus de boulot. C'était plus possible.

— Et Luc ?

— Luc ?

— Ben Luc. Ton mec.

— Luc, je sais pas. On ne vit plus ensemble depuis longtemps. C'était plus possible, ça non plus.

— Je savais pas.

— Je l'ai pas dit aux parents. Je voulais pas qu'ils s'inquiètent.

— Pourquoi tu viens plus les voir ?

Elle demeure silencieuse un moment. Puis elle ôte ses lunettes et plante ses yeux dans les miens.

— Parce que tu vis chez eux. Et que je veux plus te voir.

Puis elle se lève, attrape des clés sur le buffet et sort de la maison. Quelques minutes plus tard j'entends démarrer sa voiture. Et je l'aperçois sur la route en contrebas du jardin.

Je suis épuisée. Mais le sommeil ne revient pas. Une porte a claqué et je me suis réveillée en sursaut. J'ai ouvert les yeux et je ne savais pas où j'étais. Puis ça m'est revenu. La maison en haut de la colline. La terrasse et la mer à perte de vue. D'abord la baie longée par les hôtels, les restaurants, les boutiques, fermée par la pointe rocheuse, et le sémaphore à son sommet. Puis la Méditerranée sans fin, d'un bleu tellement intense, sous le ciel immaculé. J'ai regardé autour de moi. Les rideaux orange. Les meubles sûrement là depuis longtemps, les années soixante-dix j'imagine. Les miroirs. Les tableaux.

Des voix me parviennent. Des rires. Gabi. Antoine. Lise doit être partie. Elle était si furieuse quand nous sommes arrivés. Elle semble tellement brisée. Comme revenue de tout. Morte à l'intérieur. Et pourtant pleine de rage, de colère, de fureur. Quand elle regarde Antoine on dirait qu'elle se retient de lui sauter à la gorge, de lui planter un couteau dans le cœur, de l'étriper avec ses dents, de le rouer de coups et de larmes. Qu'est-ce qu'il a bien pu lui faire pour qu'elle lui en veuille à ce point ? Qu'a-t-elle traversé pour sembler si usée et amère ? Pourtant je l'aime bien, je crois.

Par réflexe je cherche mon téléphone mais ça me revient, Antoine l'a jeté. Je n'ose même pas imaginer les messages qui s'empilent, les menaces, les insultes. Où est Alex en ce moment ? À nos trousses ? Dans l'appartement, tournant comme un lion en cage, épuisant sa rage en soulevant des haltères, au club de boxe à taper comme un sourd dans un sac ou sur la gueule de son sparring-partner ? Avec ses potes en train de faire du biz. Il peut bien aller se faire foutre. Si je me demande où il est, c'est pas que je m'en fais pour lui. Ni même que son sort m'importe. Juste que j'ai peur. À chaque fois que j'entends une voiture je m'attends à ce qu'il débarque. Mais je m'en fais sûrement pour rien. Comment pourrait-il nous savoir ici ?

Gabi a l'air heureux d'être là. Je l'entends rire, crier. Régulièrement Antoine lui demande de faire moins de bruit. Ta maman se repose, il ne faut pas la réveiller. Il lui dit ça d'une voix douce, complice. Ils semblent bien s'entendre. Tant mieux. Antoine paraissait tellement distant avec lui, jusqu'à ce qu'on arrive ici au petit matin. C'était irréel d'échouer dans ce trou et de prendre notre petit-déj' les pieds dans le sable. La mer, c'était la première fois que je la voyais. Et tout de suite j'ai réalisé que ça m'avait manqué. Comment un truc qu'on a jamais vu jamais connu peut nous manquer, j'en sais rien, mais n'empêche, ça m'a fait un effet pas possible. Je m'y attendais pas. Pas une seule fois dans ma vie je me suis dit tiens, j'aimerais bien voir la mer, ça doit être chouette.

Même quand je la voyais à la télé dans les films ou les émissions de reportages. Pour moi, c'était juste de la flotte. Un grand truc bleu sans intérêt. Pourtant quand j'ai posé mes yeux dessus, c'est comme si elle s'était déversée d'un coup à l'intérieur de mon corps, m'avait inondé le cerveau, les poumons, les yeux. J'ai eu l'impression d'être reliée à elle par tous les pores de ma peau. Tout m'a empli. L'odeur de sel. L'étendue. Le bruit du ressac. Les ondulations à la surface. La profondeur. L'opacité. La transparence. Le sable tout au bord. À un moment j'ai enlevé mes chaussures et je me suis avancé dans l'eau jusqu'aux mollets. J'ai adoré ça. La fraîcheur. La douceur. La peau qui semblait se réveiller, revivre.

Je repense au café. Ça aussi ça m'a fait un choc. On s'est garés tout près et ça m'a tout de suite titillée. J'avais déjà vu cet endroit. La salle donnant sur la mer. La terrasse. Les chaises et les tables en plastique directement plantées dans le sable. La petite avancée avec son toit en paille ou je sais pas quoi, qui lui donnait un air tropical. J'ai fouillé dans ma mémoire. Où j'avais déjà vu tout ça ? À la télé ? Sur une photo ? Ouais. Une photo. J'ignore pourquoi mais c'est ce qui s'est imposé. Une photo. Mais ça ne m'est pas revenu tout de suite. C'est plus tard que je me suis souvenue. Quand on est arrivés à la maison et qu'on est tombés sur Lise. Cet endroit je l'avais vraiment déjà vu. Sur une photo de ma sœur. La dernière que j'ai vue d'elle avant qu'elle ferme tous ses comptes, avant qu'elle change de numéro, avant de disparaître et de ne plus jamais me donner de nouvelles.

Gabi est entré dans la maison. Antoine essaie de l'en dissuader mais il rôde près de la chambre. Il va bientôt entrer à pas de loup pour vérifier que je dors toujours. Je vais reposer mon carnet. Refermer les yeux. Attendre qu'il s'approche. Et alors je l'attraperai. Je l'attirerai sur le lit et on se chamaillera à coups de chatouilles et de baisers. Et ce sera si bon de sentir son petit corps se coller au mien, de retrouver la douceur de sa peau et l'odeur de ses cheveux, de le laisser me serrer de toutes ses forces et me répéter qu'il m'aime plus que la terre et les étoiles réunies.

Il n'y a pas grand monde sur la plage. Quelques retraités qui prennent le soleil. Des mères de famille avec leurs enfants sortis de l'école. Une poignée de touristes. On a étalé nos serviettes les unes contre les autres et Gabi a disposé tout son matériel autour de lui. Il fait vingt degrés et plus encore en plein cagnard. Avant de venir on est passés à la boutique et on s'est payé des maillots de bain. Leila a goûté l'eau mais elle n'a pas poussé plus loin que les cuisses. Elle dit qu'elle a le temps, qu'elle va y aller petit à petit parce qu'elle a pas l'habitude. Moi j'ai piqué une tête. Ça m'a fait un bien fou. J'en avais vraiment besoin. J'ai beau avoir volé des petits sommes dans la bagnole pendant le trajet je suis vanné. Mais je suis bien, là, avec la morsure du soleil, bercé par les vaguelettes, la peau rongée par le sel, les mains plongeant dans le sable tiède, à regarder l'eau presque lisse et les rochers qui ferment la baie.

— Tu verras, je dis à Leila. Demain je vous emmènerai dans les calanques. C'est encore plus beau. Et puis on ira se balader dans les collines. C'est hyper-sauvage.

Elle me répond d'un sourire et se blottit contre moi.

— Mon sauveur, elle murmure d'un ton mi-sérieux, mi-je-me-fous-de-ta-gueule.

Puis je la vois redevenir sérieuse, limite inquiète.

— Mais… avec ta sœur, elle me fait. T'es sûr que ça va ?

— Ça va se tasser. Elle est pas en forme. Elle avait envie d'être seule ici et on débarque. Je peux comprendre qu'elle soit pas ravie ravie.

— Elle a l'air un peu plus que pas ravie ravie. On dirait qu'elle te déteste.

— Ben je crois que c'est le cas. Mais ça arrive entre frère et sœur. On se déteste et on fait avec. On se déteste et on s'aime en même temps. Ça arrive, non ?

— Je sais pas. J'imagine. Je me souviens plus. J'étais encore petite quand ma sœur s'est barrée.

Elle reste un moment songeuse et je réalise soudain que je ne sais pratiquement rien d'elle. Je ne savais même pas qu'elle avait une sœur. Et qu'elle s'était « barrée ». Quoi que ça puisse vouloir dire. J'ai passé tellement de temps à la baratiner, à essayer de la charmer, à m'inventer une vie qui n'était pas la mienne. Et après ça quand on se voyait je sais même plus de quoi on parlait. On s'embrassait. On se caressait. On faisait l'amour dans son appartement. On se marrait pour un rien. Mais au fond on se racontait rien. Rien d'important en tout cas.

— Pourquoi tu m'as menti tout ce temps ?

Merde. Elle lit dans mes pensées ou quoi ? Qu'est-ce que je peux répondre à ça ? À part :

— Sérieux, si t'avais su que j'avais dix-sept ans, que je vivais chez mes parents, que j'avais même pas fini le lycée et que je zonais depuis des mois, tu crois que tu m'aurais adressé le moindre regard ?

Elle réfléchit un instant. Se redresse et ramène ses genoux contre sa poitrine, les enlace de ses bras fins.

— Tu sais, je t'ai remarqué dès le premier jour à Pôle emploi. J'ai pas eu besoin que tu me parles. Je sais pas. Je crois que je t'ai trouvé beau. Des fois, c'est pas plus compliqué que ça. Après on s'est parlé et je t'ai trouvé marrant, voire barré. Et puis t'avais l'air doux. Tu ne m'inspirais aucune crainte. Et c'est pas souvent avec les mecs. Enfin, pas souvent pour moi. Je sais pas. Je dois mal tomber à chaque fois. Mais chez tous les hommes il y a cette violence, cette brutalité à peine cachée qui m'a toujours fait peur.

— Ben ton mec, dans le genre, il se plaçait là, pourtant.

— Des fois on aime bien avoir peur. Ou c'est le contraire. Un mec qui fait peur, on se sent protégée.

— Et t'as besoin d'être protégée ?

— Peut-être. Pourquoi, t'es psy ? Tu veux que je m'allonge sur un divan ?

— Je suis pas contre, mais je suis pas sûr qu'on parle longtemps, dans ce cas.

— T'es con.

— Ouais. Mais tu ne m'as pas répondu. Tu crois qu'on serait là si je t'avais dit la vérité ?

— Non. Je crois pas. J'aurais eu l'impression d'être une cougar.

— Attends. Exagère pas. T'as que vingt-six ans.

— Vingt et un.

— Quoi ?

— Ben quoi. Il y a pas que toi qui sais mentir…

Sur ce elle se lève et rejoint Gabi. Je l'imite et on se lance dans la construction d'un château extravagant, qu'on décore de brindilles et de coquillages. Une fois le travail fini on contemple notre œuvre et je crois qu'on peut être fiers de nous. Puis Gabi se met à piétiner l'édifice de sable avec une joie féroce. Pendant tout ce temps je fais les comptes. Elle a vingt et un ans, un gosse de trois, un mari d'au moins trente. Et ça fait sept ans qu'elle est avec lui. Ça veut dire qu'elle en avait quatorze quand ils se sont mis ensemble. Et dix-sept quand elle est tombée enceinte. Putain mais c'est qui ce connard ? Son prof de volley, elle m'a dit un jour. Avant de devenir vigile, il était prof de sport dans le club associatif de son quartier. C'est tellement glauque. Je préfère pas trop y penser. On commence à remballer les affaires et je me pose une autre question. Elle a dit qu'elle avait deviné que j'étais plus jeune que je le disais. Est-ce qu'elle sait aussi qu'elle est la première ? La première avec qui j'ai vraiment fait l'amour. J'imagine que ça doit se sentir ce genre de trucs. Que j'ai dû trembler, trop en faire ou pas assez, être maladroit. Mais qu'est-ce que ça change ? On est là tous les deux. Tous les trois. Elle me bouleverse. Me rend dingue dès que je pose mes yeux sur elle. Dès qu'elle me parle. Me sourit. Caresse ma joue. Tient ma main dans la sienne. Plante sa langue entre mes lèvres. On est là. Avec le soleil et la mer. On a presque oublié ce qui nous a menés à cet endroit. Notre fuite dans la nuit. Son mec qui doit nous chercher partout. D'ailleurs j'observe Leila et je la vois lancer des regards inquiets autour d'elle dès qu'un type apparaît à un bout ou à l'autre de la plage. J'envoie un texto à ma mère. Lui demande si tout va bien, si l'autre s'est manifesté. Elle me répond aussitôt. Non, aucun signe de vie du mec de Leila. D'ailleurs je leur ai toujours pas donné son nom. De toute façon ils ont décidé de partir en vacances. Ils ont besoin de changer d'air. De se changer les idées après tout ce qui s'est passé. Ils ont loué un appartement à Biarritz. Juste au-dessus du port des Pêcheurs. Près de l'église. Ils sont déjà en route.

Le soir il fait tellement doux qu'on dîne sur la terrasse. On est passés faire des courses en rentrant de la plage. Quand je lui ai tendu la carte bleue, le type du Spar a tiré une drôle de tronche. Leila a glissé une phrase comme quoi c'était la sienne. Mais ça n'a pas changé grand-chose à la situation. Elle doit pas avoir une gueule à s'appeler Hélène Savin elle non plus. J'ai composé le code et le type a encaissé sans broncher. Mais je me suis dit qu'on allait devoir faire gaffe. Payer en liquide jusqu'à nouvel ordre. De toute façon je ne compte pas piller le compte des parents longtemps comme ça. Jusqu'ici ils m'ont toujours tout payé mais je vivais sous leur toit. Même l'argent que je gagnais au garage, ils insistaient pour que je le garde pour moi, que je le mette de côté. Pour l'avenir, comme ils disaient. L'avenir, bon, j'avoue, il est parti en fumée. Vu que j'ai tout claqué en shit.

Quand on s'est pointés à la maison avec nos sacs de courses il n'y avait personne. Je me demande ce que ma sœur fout de ses journées. Je suppose qu'elle se balade. Squatte les plages et les calanques.

Des vacances en solitaire. Ça me fout un peu les jetons. Dans l'état de tristesse où elle est je suis pas sûr que ce soit bon pour elle. Trop de temps pour penser. Trop de temps seule avec tout ce qui la ronge. On passe au dessert quand elle se pointe enfin. Leila lui demande si elle a mangé, si elle veut quelque chose, des pâtes, un verre de vin mais Lise ne répond pas et s'enferme direct dans sa chambre. Je lui fais signe de pas faire gaffe mais je vois bien que ça la chiffonne. Elle se lève et va toquer à la porte. Lise hurle. Laissez-moi tranquille. Leila n'insiste pas. Je débarrasse pendant qu'elle met Gabi au lit. Puis elle me rejoint sur la terrasse. Je lui sers un whisky. Elle le boit en silence. Me jette des regards en coin. Je vois qu'elle hésite. Puis elle se lance.

— Qu'est-ce qui se passe entre ta sœur et toi ?

Cette question, je la redoute depuis notre arrivée ici. Ça fait des mois que je la redoute. Mais je sais qu'il est temps. De passer aux aveux. De payer une partie de l'addition. De purger une autre partie de ma peine. Je prends une grande respiration.

— Je voulais lui payer des Lego, je lui dis.

Bien sûr elle comprend rien à ce que je lui raconte, me fixe en plissant le front. Ça lui fait des toutes petites rides au-dessus de yeux, et d'autres, plus fines encore, presque imperceptibles, qui partent en étoile aux coins de ses paupières.

— Quoi ? Des Lego ? À qui ça ?

— À Enzo. Mon neveu. Il avait six ans.

Ma voix s'étrangle et je sens les larmes me monter aux paupières. Leila me regarde et je vois qu'elle est terrorisée. Qu'elle a déjà compris mais voudrait ne pas comprendre. Qu'elle serait prête à tout pour pas que je raconte ce qu'elle s'attend à entendre. Je reprends.

— Je voulais lui payer des Lego, une glace et un Coca au centre commercial. Après, on serait allés voir un Pixar au ciné, tu vois. Un bon petit programme entre un oncle et son neveu. Il m'adorait, ce gamin. Mon tonton préféré, il disait. Même si c'était pas difficile vu que j'étais le seul. Il m'adorait et moi aussi je l'adorais. J'aimais bien le prendre avec moi de temps en temps, pour une après-midi, comme ça, tu sais. Juste tous les deux. Histoire de l'emmener au magasin de jouets. Seulement, cette fois, il est jamais arrivé là-bas. Évidemment, je lui ai lâché la main sur le parking. Tout ça pour m'allumer un joint. Il courait devant moi, tu vois, en jouant à ses jeux de super-héros, avec tous ces bruits de bouche chelous qu'il faisait toujours. Et il a pas vu la voiture reculer. Un gros SUV de merde. Et… voilà. C'était fini. Comme ça. Je sais pas comment c'est possible.

Leila me dévisage, silencieuse.

— Je sais ce que tu te dis. Je sais ce que tout le monde se dit. Je mérite pas de vivre. Lise pense pareil. Et je peux pas lui donner tort. Après ça, elle m'a plus adressé la parole. Elle m'a interdit de me pointer à l'enterrement. Elle a plus voulu foutre les pieds à la maison parce que j'y étais. Et moi j'ai complètement vrillé. Ça fait un an et demi. Un peu plus. Plus d'un an et demi qu'elle crève la gueule ouverte sans que je puisse rien pour elle. Plus d'un an et demi que je suis plus rien. Enfin. Jusqu'à ce que je te rencontre.

Leila ne prononce pas le moindre mot. Elle se lève et s'enferme dans la salle de bains. En ressort quelques minutes plus tard et rejoint Gabi sur la mezzanine. Entre les barreaux de la rambarde je la vois se glisser sous les draps. Elle éteint les lumières. Et tout devient noir.

Je ne sais pas ce que ça me fait. Ce qu'Antoine m'a raconté. Ses aveux. Le gamin dont il était responsable. Et ce qui a suivi. La douleur de Lise. Que je ne peux même pas imaginer. Je ne sais même pas comment elle peut nous tolérer ici. Même si c'est vrai qu'on lui a un peu forcé la main. Je ne sais pas comment on peut survivre à ça. Comment elle peut se contenir face à Antoine, qu'elle avait décidé de ne plus jamais revoir. Qu'elle avait rayé de sa vie. Et moi dans tout ça ? J'aime bien Lise. Nous parlons de plus en plus, elle et moi. Et je vois bien qu'elle commence à se laisser apprivoiser par Gabi, même si ça lui perfore la poitrine, même si souvent je vois les larmes la submerger, et alors elle quitte précipitamment la plage ou la pièce dans laquelle nous nous trouvons.

Un jour, un prof m'a dit qu'on savait ce qu'on pensait d'une situation en parlant. Qu'en déroulant sa pensée on découvrait qu'on en avait une. Qu'en s'exprimant sur un sujet sur lequel on croyait ne pas avoir d'avis on se rendait compte qu'on en avait un, finalement. Il disait que c'était pareil pour l'écriture.

Quand il nous demandait d'écrire sans consigne, librement, on était tous paniqués, on disait mais j'ai rien à dire, moi. J'ai rien à raconter. J'ai rien sur quoi écrire. Et lui il répétait : pour écrire il faut déjà écrire. Écrivez et vous verrez que vous avez quelque chose à écrire. Quelque chose d'unique. Qui n'appartient qu'à vous. Ou que vous avez une manière unique, qui n'appartient qu'à vous, de raconter. Bon. Je crois que sur ce coup il avait tort. Comme quand il mettait sur mes carnets que j'avais des « capacités non exploitées ». J'écris dans ce carnet pour savoir ce que je pense de la situation. Antoine. Lise. Le gamin. Sa mort. L'atrocité de tout ça. Est-ce que je devrais détester Antoine maintenant ? Le haïr ? Le considérer comme un meurtrier ? Même un meurtrier par négligence. Par manque de chance. Par acharnement du hasard, du destin. J'ai l'impression que ce n'est pas ça que je ressens. Je ne sais pas ce que je ressens. De la tristesse. De la compassion. Pour Lise. Et pour lui aussi. Comment il peut porter un truc pareil. Continuer à vivre avec ça. Est-ce qu'on s'en remet un jour ? Non je crois pas. Je suppose que non. Comment savoir ? Sans doute, non. On ne s'en remet pas. On continue avec ce trou dans le ventre, dans la poitrine, dans la tête. On ne peut pas faire autrement. Il faut bien continuer. Avec tout ça. Ce trou béant pour elle, cet arrachement du cœur. Cette culpabilité et cette haine de soi pour lui, en plus du deuil, en plus d'avoir perdu son neveu.

Tout est si confus. Et de toute façon que pourrais-je faire de tout ça ? Je n'ai nulle part où aller. Je crois que j'aime Antoine. Et qu'il m'aime. En tout cas on est bien ensemble. En dépit des circonstances. Qui sont elles-mêmes tellement contradictoires. Si lourdes et légères à la fois. Je suis en fuite. En cavale. J'ai la peur au ventre à chaque fois que j'aperçois un mec débouler sur la plage. Qu'une voiture s'approche de la maison. Je suis dans cette maison. Entre ce frère et cette sœur déchirés, anéantis. Et le fantôme d'un enfant au milieu. Pourtant, en dépit de tout, je suis heureuse ici, avec eux. Et Gabi aussi. Il y a la maison. La baie. Les arbres et les roches. Les odeurs. La douceur du soleil. La lumière qui inonde tout. Il y a ces paysages. Les calanques et les sentiers dans les collines. Il y a la mer où je nage sans fin. Il y a nos baisers. Nos corps emmêlés. Les rires qui fusent. Les verres et les repas que nous partageons dans la douceur du soir. La joie sans mélange de Gabi que tout émerveille. Pour un peu ça ressemblerait à des vacances. Oui tout est si lourd, inextricable, douloureux, effrayant. Et si léger, lumineux, à la fois.

Je ne sais pas ce que ça me fait. Ce que je pense. Où j'en suis. Ce que je vis exactement. Mais peut-être que ça n'a pas d'importance. Qu'il faut prendre acte. De ce qui advient. Et de ce qui a précédé. Et faire avec. Peut-être qu'il faut juste avancer au jour le jour. Même dans le brouillard. Même sans savoir où on va. Même sans savoir ce qu'on ressent, ce qu'on pense. Peut-être que c'est ça la vie. Des sentiments contradictoires. Un mélange permanent de douleur et de joie, de remords, de regrets et d'insouciance, de présent et de passé, de lumière et de ténèbres, de lourdeur et de légèreté.

Ce matin je me suis levée submergée par l'effroi. Ça m'a rattrapée comme ça d'un coup. Ça faisait des jours que j'essayais de plus y penser mais c'est revenu comme une terreur subite. Je sais que nos jours sont comptés. Qu'Alex va retrouver notre trace. Et qu'alors il faudra l'affronter, d'une manière ou d'une autre. Mais hier, la journée a été d'une douceur parfaite. Illuminée par cet événement imprévisible. Grâce à l'ordinateur de Lise j'ai pu accéder à mes mails, mes comptes Facebook, Instagram et compagnie. Et j'ai retrouvé la photo. La dernière que ma sœur m'a envoyée. Celle où elle pose à la terrasse d'un bar-restaurant qu'il m'a semblé reconnaître en arrivant ici. L'auberge de la rade. Celle-là même où nous avons pris notre petit déjeuner au lever du jour, après une nuit d'autoroute. J'ai examiné la photo sous toutes les coutures et il n'y avait aucun doute. C'était bien là. Le même endroit. Je l'ai imprimée. Je l'ai glissée dans mon sac. Et cet après-midi, quand nous nous sommes attablés pour prendre un verre, Antoine, Gabi et moi, je me suis levée en prétextant aller aux toilettes et je me suis postée au comptoir. J'ai montré la photo au patron des lieux. Et il a souri. Bien sûr qu'il la reconnaissait. Elle avait travaillé ici tout un été. Une chic fille, il a dit. Et puis belle comme le jour, il a ajouté. Comme vous, il a précisé avec un petit clin d'œil qui ne m'a pas beaucoup plu mais c'est toujours comme ça, j'ai l'habitude, les mecs et leur façon de me regarder, de me reluquer, de m'imaginer dans leur pieu, de ne pas pouvoir me parler sans penser à l'effet que ça leur ferait mes lèvres sur leur queue, leur bouche me bouffant les seins et le reste, j'ai fait comme si de rien n'était et j'ai demandé : et après ? Après cet été où elle a travaillé ici vous savez où elle est allée ? Le patron m'a répondu que non, pas vraiment, mais qu'elle s'était tirée avec un mec, un Italien, sûrement bourré de thunes vu la bagnole dans laquelle il se pavanait. Il l'avait draguée pendant des jours et des jours. Il venait chaque soir, restait jusqu'à la fermeture. Il avait fini par l'avoir, ce salaud. Oui, il avait fini par la choper, le veinard. À ce qu'il savait ils étaient tombés fous amoureux et il l'avait ramenée avec lui en Italie. Mais depuis il n'avait plus la moindre nouvelle. Rien. Pas d'adresse à me donner. Pas de numéro de téléphone. Il m'a juste donné un nom. Celui du mec. Paolo Immobile.

Je suis revenue à notre table et Antoine m'a regardée fixement. Qu'est-ce qui te fait sourire comme ça ? Rien, rien j'ai répondu. Je ne sais pas. Je souris parce qu'on est bien, là, avec la mer, tous les trois, on est bien, j'adore cet endroit. Et je vous adore tous les deux. Toi et le gosse. Et nous trois. Je nous adore tous les trois. Il a eu l'air surpris parce que c'est pas mon genre, les grandes déclarations mais à cet instant tous nos problèmes étaient si loin, j'étais tellement exaltée, j'avais le cœur gonflé de joie. J'avais retrouvé la trace de ma sœur. Elle avait travaillé ici. Elle avait rencontré un type. Elle était sûrement heureuse, quelque part en Italie. J'avais retrouvé sa trace. J'avais un indice. Un nom. Un pays. Ce n'était pas grand-chose mais ça ressemblait quand même à un espoir.

Ça fait deux semaines qu'on est dans cette maison. Le jour où j'ai tout raconté à Leila j'ai cru qu'elle allait se tirer, emmener Gabi et que je ne les reverrais jamais. Mais rien ne s'est passé comme je le pensais. Le lendemain Leila s'est réveillée et m'a souri. Je l'ai regardée s'étirer puis se lover dans mes bras. Nous nous sommes levés et nous avons pris notre petit déjeuner sur la terrasse.

Tous les jours c'est le même éblouissement. La baie scintillante sous le ciel azur. Le turquoise de l'eau et le rouge orangé des roches. La lumière inondant les chênes-lièges, les oliviers, les pins maritimes. Les arbousiers, les palmiers, les cactus. Les eucalyptus. Les parfums de fleurs et de terre sèche. Des vacances ininterrompues. Chaque jour je lui fais découvrir de nouvelles calanques, de nouveaux sentiers dans le massif qui ressemble à un décor de western. On pique-nique face à la mer, ou perdus dans l'immensité de végétation rase, de ravines et d'escarpements. Gabi fait la sieste à l'ombre d'un arbre ou d'un petit parasol. On joue dans le sable, on se baigne jusqu'à claquer des dents. Bien sûr Leila est toujours aux aguets, se tend dès qu'elle voit quelqu'un avancer vers nous sur la plage, se retourne quand on se balade, regarde partout autour d'elle quand on prend un verre. Mais il faut se rendre à l'évidence. Aucun signe de son mec. Il faut croire qu'il a abandonné la partie, qu'il s'en fout que sa meuf se soit tirée avec son gosse, passée la crise du début il s'y est résolu. En même temps je ne me fais pas d'illusion. On ne paie peut-être rien pour attendre. Après tout il n'a aucun moyen de savoir où on est. D'autant que mes parents sont toujours à Biarritz. Ma mère vient aux nouvelles régulièrement. Mais elle s'inquiète surtout pour Lise. Je lui réponds que ça va. Les choses se sont un peu détendues entre nous. Surtout grâce à Leila. C'est dingue comme elles sont devenues complices en si peu de temps. Des fois je me sens mis de côté. Elles ont des conversations de filles, de femmes, de mères. Et moi là-dedans je me sens comme un gosse. Lise m'adresse à peine la parole mais désormais elle se joint à nous pour les repas. Je vois les efforts qu'elle fait pour réduire au minimum ses interactions avec Gabi mais le petit est si adorable, et puis il cherche tout le temps son attention, s'accroche à ses robes, lui pose sans arrêt des questions. C'est douloureux pour elle je le vois bien. Régulièrement elle retient ses larmes. Parfois aussi elle nous rejoint à la plage. Elle étend sa serviette et passe l'après-midi à lire derrière ses lunettes noires. Ou bien elle met ses écouteurs et reste immobile, allongée, le visage tendu vers le soleil à écouter sa musique les yeux fermés. Le temps file et je pourrais en profiter sans me poser de question mais il y a celle de l'argent. On a beau faire gaffe, on dépense, et on va pas pouvoir continuer longtemps comme ça à piller le compte de ma mère. Et puis l'été approche. On doit s'attendre à voir surgir un membre de la famille à n'importe quel moment. J'ai demandé à ma mère de jeter un œil au planning de réservation que tient mon oncle et apparemment, on a encore un mois devant nous avant la prochaine arrivée mais il se peut aussi que quelqu'un se pointe à l'improviste, sans rien demander à personne, comme l'a fait Lise. Comme nous l'avons fait Leila, Gabi et moi. Je me dis qu'il est temps de chercher un boulot. Alors hier j'ai commencé par bricoler un CV comme je pouvais. J'y suis allé au flan. Je me suis vieilli de quatre ans. Octroyé un bac pro dans l'hôtellerie. Des jobs de serveur à Paris, dans des restos que j'ai trouvés sur Internet et qui ont tous fermé ces derniers mois et j'ai commencé à faire la tournée des hôtels et des bars de la côte.

Ça fait bientôt trois semaines. Et des jours et des jours que je n'ai pas ouvert ce carnet. Tout a passé si vite. C'est comme si l'abcès une fois crevé nous nous étions tous rapprochés, soudés. Comme si nous avions amorcé quelque chose. Comme si la vie allait pouvoir continuer comme ça indéfiniment. Tous les quatre dans cette maison. Occupés seulement à profiter du paysage, de la mer, du soleil. Comme si nous avions oublié ce qui nous a menés là. La menace permanente. La précarité de notre situation. Du quatuor que nous formons. Des jours que nous passons ici. À n'importe quel moment quelqu'un peut débarquer. Alex. Ou un membre de la famille d'Antoine venu passer quelques jours de vacances. Il y a un planning de toute façon. Au plus tard des cousins débarqueront fin juin et il faudra avoir mis les voiles. Pour aller où ? Avec quel argent ? Que fera Lise ? Parfois l'imaginer seule sans nous m'effraie. Nous discutons, je la regarde et je vois bien qu'elle essaie de faire bonne figure mais que c'est peine perdue. À chaque fois qu'elle part se promener seule j'ai peur qu'elle ne revienne jamais, qu'on la retrouve démantibulée au pied d'une falaise, noyée, pendue à un arbre dans le maquis. C'est une survivante. Et personne ne sait jusqu'à quand elle va tenir. En attendant elle s'est adoucie. Même avec Antoine. Comme si maintenant elle était au-delà de la haine, de la rancœur, revenue de tout, ou si absente que plus rien ne la touche en profondeur. Elle n'est plus que surface. Une écorce friable. Qui se nourrit du soleil. De l'eau salée. Du vent tiède. Des rires et mots tendres de Gabi. Il l'adore. Il dit qu'elle est sa deuxième maman et je vois combien à ses mots le cœur de Lise se grippe, grince, hurle. Mais elle se contente de sourire. Un sourire absent. Un sourire vide.

Antoine dit qu'il faut agir maintenant. Il s'est mis à chercher du boulot. Et m'a encouragée à le faire moi aussi. Il a trouvé plus vite que je ne l'aurais cru. Un job de serveur dans un hôtel chic. De mon côté j'ai un entretien dans quelques jours. Le ménage dans un hôtel. Mais apparemment je ne suis pas la seule en course. Peu de chances que ça marche. On verra bien. Même si je ne sais pas comment on ferait si je décrochais cet emploi. Pour Gabi. Pour la suite. Antoine parle de louer un bungalow pour l'été au camping. Et de trouver un appartement à la rentrée. Il parle aussi d'inscrire Gabi à l'école. Il fait des plans, nous imagine un avenir. Comme si nous en avions un. Comme s'il refusait de comprendre que nos jours sont comptés. Qu'Alex finira par nous retrouver. Qu'il a des droits. Que Gabi est son fils. Même si Gabi, de son côté, semble l'avoir oublié. Jamais il ne demande où est son père. Il se contente de constater qu'Antoine l'a remplacé. Et ça semble lui plaire. Je crois qu'il se dit qu'il a gagné au change. Ou bien il ne se dit rien du tout. À quoi on pense à trois ans ? Est-ce qu'on pense vraiment ? Moi je ne me souviens de rien à cet âge. Ni même après. Les premiers souvenirs que j'ai datent de mes huit ou neuf ans. Et ils sont flous. Réduits à des sensations. Des images lacérées. La chambre partagée avec ma sœur. La peur quand j'entends s'élever la voix de mon père. Le silence de ma mère. Ses yeux tristes de femme soumise et sans joie. Des souvenirs de terreur quand la nuit je ne parviens pas à dormir. La porte de la chambre s'ouvre. Je ferme les yeux. J'entends des pas. Quelqu'un rejoint ma sœur dans son lit. Plus tard il n'y a plus personne et je l'entends pleurer. Un jour, je lui ai demandé qui venait la nuit, dans son lit. Et pourquoi elle pleurait quand cette personne quittait la chambre. Elle s'est mise en boule. M'a hurlé dessus. Je racontais n'importe quoi. J'inventais. J'avais rêvé. Parfois j'essaie de me concentrer. De faire resurgir ce souvenir. De rembobiner le film et de le faire défiler au ralenti. J'essaie de revoir la silhouette qui s'avance dans la chambre juste avant que mes yeux ne se ferment. J'essaie de me souvenir de ce que j'entendais avant que la porte ne se referme et que ne s'élèvent les sanglots de ma sœur. Mais je n'y parviens pas. Tout ce qui ressort de ces séances, c'est une obsession. Il y a un lien entre ce premier souvenir et le départ de ma sœur. Sa fuite. Chaque fois que je sonde ce lien, que je sonde ces nuits, ces souvenirs, il y a comme une porte qui se ferme à double tour. Un coffre-fort impénétrable. Je sais qu'à l'intérieur se loge un secret. Un secret inavouable. Auquel quelque chose en moi refuse d'accéder. J'en ai parlé à Lise l'autre jour. Elle m'a écoutée patiemment. Et après un long silence elle m'a dit cette chose qui m'a mise hors de moi. Alors je lui ai hurlé dessus et je suis partie avec Gabi. Je suis partie marcher dans les collines. Des larmes dans la gorge et les yeux. À notre retour elle s'est excusée. Elle n'avait pas le droit de dire une chose pareille. De formuler cette hypothèse. J'ai accepté ses excuses. Et nous sommes passées à autre chose. En apparence en tout cas. Parce que en moi, ça reste comme une alarme permanente, une pensée qui rôde, lancinante, impossible à chasser. Une évidence qui s'impose soudain dans une lumière crue, inacceptable mais impossible à réfuter. Cette ombre était mon père. Qui cela pouvait-il être à part lui ? C'était mon père qui rejoignait ma sœur dans son lit la nuit. Et c'est pour ça qu'elle pleurait une fois qu'il quittait notre chambre. Chaque fois que cette pensée s'insinue dans mon cerveau j'ai envie de vomir. Je la nie. Ce ne sont pas des souvenirs mais des rêves. Ma sœur avait raison. Ou bien je me déteste. De n'avoir pas compris. De n'avoir rien vu. De m'être à ce point aveuglée, bouché les oreilles. J'en veux à mon cerveau d'être capable de me jouer ce genre de tour. Ne pas voir, ne pas accepter l'évidence. La nier. L'oublier. La contredire.

De temps en temps Lise me prête son ordinateur. Je fais des recherches. Paolo Immobile. En Italie. Il y en a des tas. Je les demande en amis. Certains acceptent. Je leur écris. Certains répondent. Mais pour le moment aucun d'entre eux ne connaît ma sœur. Du moins le prétendent-ils. Souvent je tape le nom dans le moteur de recherche. Je clique sur Images. Des visages apparaissent. J'essaie de deviner lequel de ces hommes a séduit ma sœur, et l'a emmenée avec lui en Italie. Il y en a des beaux, des moches. Des gros, des maigres, des vieux, des jeunes, des chevelus, des chauves. Pour chacun j'invente un scénario. Une hypothèse.

Gabi m'appelle. Il a vu des bêtes, me dit-il. Il veut que je vienne voir. Lise le rejoint. Et elle m'appelle à son tour. Il y a une chatte sous l'olivier. Et autour d'elle une portée de chatons tout juste nés.

C'est mon premier jour. L'endroit est dingue. Jamais vu ça. L'immeuble de six étages percé de fenêtres et de balcons est d'un blanc éblouissant. Dans les chambres, c'est le grand luxe. Un lit immense. Des œuvres d'art et des tas de luminaires qui doivent coûter un bras chacun. Des plaids, des coussins, un fauteuil hyper-classe, un petit bureau en bois laqué, une table basse ultra-design. Des tapis profonds. Une enceinte Bluetooth Marshall. Une radio Tivoli. Une Smart TV 4K. Une salle de bains immense, remplie de produits de beauté de luxe. Un minibar bourré de champagne, d'alcools de marque et de cocktails maison dans des bouteilles au bouchon recouvert de cire rouge. Par les baies vitrées, la mer et rien que la mer. Sur la grande terrasse au bord de l'eau, deux piscines ont été creusées. Un couloir d'eau douce avec sa mosaïque de petits carreaux de tous les bleus imaginables. Et une retenue d'eau de mer tapissée de roches aussi lisses que la peau d'une otarie. Tout autour : des transats avec leurs matelas épais, leurs parasols, leurs petites tables en bois exotique pour entreposer les boissons et les plats qu'on vient vous proposer à toute heure de la journée. Quand les clients de l'hôtel se pointent on leur tend des serviettes blanches épaisses et douces, tellement moelleuses que t'as envie d'y plonger la tête et de rester comme ça toute ta vie, et des peignoirs idem. Pour ceux qui préfèrent la mer, un petit escalier mène à une plage privée, insoupçonnable depuis la route, seulement accessible en passant par l'hôtel, et munie elle aussi de transats. Et puis il y a le bar-restaurant et sa terrasse avec ses chaises et ses tables en bois exotique, ses fauteuils profonds pour l'apéro, ses grands parasols aux mâts de bois sombre. Musique douce en fond sonore. Carte sophistiquée où le moindre sandwich se paie vingt-cinq balles, où les plats milieu de gamme font dans les quarante, la moindre bouteille de rouge trente-cinq. Et je ne parle pas de tout ce qui est hors de prix. Des trucs qui font monter le repas à deux cents boules ou plus sans que tu t'en aperçoives. Alors forcément, les clients sont à l'avenant. Ont tous l'air de sortir d'un film. Suintent le pognon, le luxe, le haut de gamme. Je vois bien qu'ils mènent des vies dont je ne peux rien imaginer. Je sais pas comment ils font mais même en maillot de bain, paréo et lunettes de soleil, même en short ou en robe d'été ils ont l'air parés pour faire la couverture d'un magazine. Les vieux y compris, avec leurs chemises en lin, leurs chapeaux, leurs manières, leur façon de parler, de rire, de boire, de manger. Yann, le mec qui est chargé de me former en tant que serveur, me désigne une fille carrément sublime et me dit que c'est une actrice, me cite des tas de films dans lesquels elle a joué et que je n'ai jamais vus, et ajoute qu'il se la ferait bien. Il peut toujours courir, avec ses dents de traviole et sa peau de roux qui rougit au moindre rayon de soleil. Mais c'est un mec sympa. Il m'explique tout avec patience et des petites pointes d'humour bien placées. Le principal, c'est la discrétion, il dit. Être aux petits soins et invisible à la fois. Et puis bien parler anglais. Parce qu'il y a surtout des étrangers ici, et qu'on parle plus anglais que français. Mais les Français, il ne faut surtout pas s'aviser de s'adresser à eux en anglais, ils détestent ça, ils veulent pas qu'on les prenne pour des touristes même s'ils en sont, il y a un genre de hiérarchie dans leur esprit.

— Et comment je fais pour savoir ?

— Pour savoir quoi ?

— Ben, s'ils sont français ou pas.

— Tu les observes discretos avant d'aller les voir, tu tends l'oreille.

— Et si je les entends pas parler ?

— Tu te fies à ton instinct.

— Mon instinct.

— Ouais. Mais je vais de te donner un truc : s'ils te paraissent moins élégants, moins raffinés, plus vulgaires, même s'ils sont habillés comme les autres, en général, c'est les Français.

— Ah bon.

— Crois-moi. J'ai bossé pas mal à l'étranger. Et tu peux être sûr d'un truc. Parmi les touristes, les pires, les plus bruyants, les plus chiants, les plus vulgaires, les plus prétentieux, c'est toujours les Français.

— Je croyais que les plus ploucs, c'étaient les Allemands, les Hollandais.

— Ah ça non. C'est les plus mal habillés. Mais l'élégance, le chic, la classe tout en étant décontracté et même sapé comme une merde, c'est autre chose. Les Français, c'est la plaie.

Après il me remontre comment on se sert du petit iPad qu'on a dans la poche de notre pantalon noir complété d'une chemise blanche pour prendre les commandes, le fonctionnement de la caisse même si en général ça va direct sur la note de la chambre, mais il y a quand même des gens qui viennent juste prendre un verre ou manger un truc en regardant la mer. Bon, pas des masses parce qu'il faut être quand même friqué pour venir ici, et si ça suffit pas à dissuader les masses, l'ambiance de l'hôtel elle-même fout les jetons aux gens comme nous. Le luxe partout, le raffinement, tout ça ça attire mais ça exclut, on y va pas parce qu'on sait qu'on s'y sentira mal, pas à notre place, on se sent comme des clochards soudain au milieu des résidents de l'hôtel.

— T'as qu'à voir les bagnoles garées sur le parking et tu comprends vite. De l'Audi coupé, de la BMW, de la Mercedes, du SUV série limitée. Pas le moindre monospace, pas de Renault Peugeot à papy, rien de ce genre.

— Ben y a quand même la tienne…

— Ouais, justement. Tout à l'heure la patronne m'a demandé à qui appartenait cette poubelle. Elle m'a prié de la garer ailleurs.

La journée s'est plutôt bien passée. J'ai pas fait de conneries. On m'a mis aux transats. Le plus difficile, c'est de transporter le plateau du bar jusqu'aux petites tables sans rien faire tomber. Mais il va falloir que je bosse un peu mon anglais. Avoir passé les dix-huit derniers mois à mater des séries en VO sur Netflix ne va pas suffire à faire illusion très longtemps. Les clients s'adressent à moi comme si je venais de Londres. Certains sont bavards. Surtout les vieux. Notamment Cassandra. Elle doit avoir soixante-quinze ans. Elle séjourne seule ici. Pour une durée indéterminée. Chaque fois que je lui apporte une boisson, un petit sandwich, une nouvelle serviette sèche entre deux bains elle me fait la conversation. Je sais déjà qu'elle vit à Oxford, qu'elle a six chats, que son mari est mort, que ses deux enfants vivent aux États-Unis, qu'elle a quatre petits-enfants dont l'aîné vient de commencer ses études à Paris. Apparemment elle a beaucoup voyagé dans sa vie mais maintenant elle n'a plus la force. Alors chaque année elle vient ici, pour la mer, le soleil. Et la compagnie. J'ai aussi servi la jeune actrice.

Là, le problème, c'était pas la langue mais plutôt de rester concentré. Et son deux-pièces n'a pas aidé. Pas plus que son regard et son sourire. Sans compter les bourrades de Yann à chaque fois que je passais au bar.

— Alors elle t'a dit quoi ?

— Ben rien. Juste qu'elle voulait un Coca zéro.

— Je te tiens à l'œil, hein. T'as pas intérêt à me la piquer…

Le bus me dépose au niveau du petit centre commercial. Le reste, je le fais à pied. Je prends le petit chemin qui grimpe au milieu des villas, bordé de mimosas et de résineux. J'aime bien même si la pente me flingue les mollets. La vache. Je pensais pas avoir autant perdu en un an et demi à vivre comme un foutu mollusque. Tonio le Bulot, qu'on m'appelle.

Une bonne partie des maisons est inoccupée. Les piscines bâchées. Mais aux terrasses des autres, des gens boivent des coups au soleil, bouquinent sur des transats, se baignent. C'est surtout des retraités et en les regardant je me demande ce qui empêche mes parents d'en faire autant. Les baraques sont pas données dans le coin mais la leur a pris une valeur dingue ces dernières années. Je suis sûr qu'en la vendant ils pourraient se payer un joli petit truc en bord de mer, alors qu'est-ce qui les retient ? Lise habite pas loin de chez eux mais elle vient plus les voir. Ils ont pas de petits-enfants. Ou plutôt ils en ont plus. Quant à moi je suis majeur et même s'ils ont peur que je me retrouve à la rue, ici ou là-bas, qu'est-ce que ça changerait ?

J'arrive à la maison et j'entends le babillage de Gabi. Il est sur la terrasse, à la table, en train de faire des coloriages. Sur les rocking-chairs à côté, Leila et

Lise discutent. Il y a de la musique en fond. Toujours les vieux CD de mon grand-père. Du jazz. Du classique. De la vieille chanson française. Je les regarde un moment et je me dis qu'elles n'ont pas besoin de moi. Qu'elles ont l'air très bien comme ça. Toutes les deux avec Gabi. D'ailleurs quand je fais irruption sur la terrasse elles s'interrompent. Comme si je les dérangeais. Leila se lève et vient m'embrasser, me demande comment s'est passée la journée et pendant ce temps Lise tripote son téléphone puis me le tend. Je regarde l'écran. Des photos. Je mets quelques secondes à réaliser. C'est la maison des parents. La mienne aussi, en un sens. Et tout est en bordel.

— Ils sont rentrés ce matin et ils ont trouvé la baraque comme ça.

— Qu'est-ce qui s'est passé ? Un cambriolage ?

— Pas vraiment. Y a rien eu de volé. Ils ont juste fouillé partout et ils ont pas rangé après.

— Ils sont entrés par où ?

— La fenêtre de la cuisine. Ils ont réussi à ouvrir les volets, ont pété une vitre et hop.

— Et ils ont rien volé ?

Lise secoue la tête. Puis elle me dit qu'à son avis ils cherchaient quelque chose. Elle me regarde en biais, d'un air accusateur. Je vois tout de suite à quoi elle pense. Elle imagine que je dois du fric à des gens. Ou que je détiens des stocks de shit, de pilules ou de n'importe quoi. Elle pense que c'est un truc du genre règlement de compte entre dealers mais elle se plante sur toute la ligne. Je le lui dis. Je trempe pas dans ces trucs-là. Je me contente de consommer de temps à autre, et même ça j'y suis moins à fond qu'elle peut le croire. J'ai rien touché depuis que je suis ici, je lui dis, même si c'est pas tout à fait vrai, vu que pas plus tard que tout à l'heure j'en ai fumé un petit avec Yann, et qu'il m'a refilé le 06 de son dealer. Je comptais l'appeler ce soir une fois que tout le monde dormirait. Je sais même pas pourquoi d'ailleurs. Ça m'a moins manqué que j'aurais cru. Peut-être que Leila me suffit maintenant pour me tenir à flot. Et puis la mer, les arbres, les roches, ça doit me faire du bien. Pourquoi je comptais appeler ce type déjà ? Je sais pas. Par habitude. Par réflexe. Yann m'a filé son numéro et j'ai même pas réfléchi. Là, par contre, tout de suite c'est ce que je fais. Je réfléchis. Je jette un œil à Leila et tout à coup ça me paraît évident. C'est son mec. Alex. Ou ses potes. Ils ont fouillé la maison pour trouver un indice. Une adresse. Trouver l'endroit où on se planque. Rien qu'avec les relevés de compte de ma mère ils peuvent se faire une idée. La carte bleue que j'ai faite au Spar. Les retraits au Crédit agricole en face de la plage. Leila se lève et vient se lover dans mes bras. Elle doit penser la même chose que moi. Je lui demande doucement ce qu'elle a fait en mon absence.

— Comme d'habitude. La plage. On a pique-niqué. On s'est baignés. Gabi a fait des châteaux. On a joué au ballon. J'ai bouquiné.

— T'as quoi ?

— J'ai bouquiné. Y a plein de livres dans le buffet. Pourquoi tu me regardes comme ça ? Tu me crois trop conne pour lire ?

Je l'ai vexée. Sans dire un mot ou presque. Trop fort, le mec. Je suis vraiment le king. Je m'excuse et lui demande ce qu'elle a lu.

— Des nouvelles. *Parle-moi d'amour*, ça s'appelle.

— Ah, Carver.

— Tu connais ?

— Ben quoi ? Tu me crois trop con pour avoir lu des bouquins ?

Touchée. Elle sourit. Je propose qu'on se prenne un apéro au bar de la plage.

— Ça me fera du bien de me faire servir après avoir fait ça toute la journée…

— Au fait, j'ai un entretien après-demain.

— Où ça ?

— Le petit hôtel en bas. C'est pour le petit-déjeuner et les chambres.

— Et Gabi ? Si t'as le job, comment on fait ?

— Je me suis renseignée. Il y a la garderie. Tu pourras l'emmener en allant au boulot. Moi, je risque de commencer super tôt. Et je le reprendrai en rentrant. D'après ce qu'ils m'ont dit, à midi au max je serai libre. Enfin. S'ils me prennent.

— Tu sais, je sais pas si c'est malin de rester ici, maintenant.

— Peut-être. Mais on a pas trop le choix, non ?

— Non. Pas trop.

Je me suis réveillé en pleine nuit. Par la petite fenêtre de la mezzanine la lune était parfaitement ronde. Pleine. C'est peut-être pour ça. Il y a des gens qui prétendent être incapables de pioncer ces nuits-là. Ce genre de délire, le côté on est reliés au cosmos, il y a des ondes partout, ça m'a toujours fait marrer mais toujours est-il que c'est la pleine lune et que je suis réveillé. Leila dort, elle. Je contemple un moment son corps nu. Le drap la recouvre à peine. Sa beauté m'éblouit à chaque fois. La rondeur de l'épaule, les courbes un peu partout, ses seins, son cul. Je commence à bander mais hors de question de la réveiller. Quand une fille dort, il faut la laisser dormir. Point barre. Je me lève et je descends l'escalier. Dans la petite chambre qui donne sur la terrasse, Gabi pionce le corps en travers, comme une diagonale qui barre le matelas deux places du canapé-lit. On a foutu des coussins partout sur le sol tout autour des fois qu'il tomberait. Mais pour le moment rien de ce genre ne s'est produit. J'ouvre la porte-fenêtre et je sors sur la terrasse.

— Tu dors pas ?

Je sursaute. C'est Lise. Elle fume dans l'obscurité, emmitouflée dans une vieille couverture au crochet, orange avec des carrés violets.

— Pardon. Je savais pas que t'étais là, je dis en rouvrant la porte-fenêtre pour rentrer.

Mais elle me répond que je peux rester. Qu'elle ne me chasse pas. Que je peux m'asseoir dans l'autre fauteuil et fumer dans la nuit, moi aussi, si je veux. Je m'installe et je ne peux m'empêcher de penser que ça fait des mois que ce n'est pas arrivé. Elle et moi seuls, en tête à tête. Après la mort d'Enzo elle a tout simplement cessé de m'adresser la parole. Jamais nous n'en avons parlé. Jamais même elle ne m'a dit quoi que ce soit. Ne m'a fait le moindre reproche. Elle s'est contentée de me rayer de sa vie. De son regard. Je suis devenu soudain invisible à ses yeux. Elle a fait savoir à mes parents qu'elle refusait que je sois là à l'enterrement. Puis elle a cessé de venir à la maison. Elle n'y mettrait pas les pieds tant que je n'en serais pas parti. Elle voyait mes parents à l'extérieur. Chez elle. Au restaurant. Et encore, seulement de temps en temps. Jamais mon nom n'a été prononcé. Je n'existais plus.

— Tu sais je n'ai rien pardonné. Et ça n'arrivera jamais.

— Je sais.

— Ce n'est même plus de la haine. De la colère. De la fureur. C'est juste… que je suis morte. Plus rien ne m'atteint. Plus personne n'existe vraiment. Si je peux rester comme ça à fumer à tes côtés. Si je peux te parler, c'est que tu ne comptes pas. Tu n'es personne. Je ne te connais pas. Je n'éprouve rien pour toi.

Tu m'indiffères. Que tu sois assis là ou non n'a aucune importance. J'en ai plus rien à foutre de rien. Pas même de moi.

— OK. Je comprends.

— Je ne sais pas combien de temps je vais continuer comme ça. À vivre tout en étant morte à l'intérieur. Quand je suis arrivée ici, je voulais en finir. Mais je n'étais pas pressée. J'étais seule. Je ne parlais à personne. Je n'existais pour personne. J'étais juste un corps posé sur le sable. Sous le soleil. Tu sais comment s'appelait la plage de Boulouris, avant ?

— Non.

— La plage de l'Homme-Mort. Voilà. La plage de la femme morte. C'est là que je passais mes jours. Alors non, rien ne pressait. Morte comme ça ou morte vraiment, qu'est-ce que ça change ?

— Ça change pour nous. Pour les parents. Pour moi. Pour Leila et Gabi, maintenant.

— Peut-être. Pour vous, oui. Mais pour moi non, ça ne change rien. Ou peut-être que si. Avant que vous n'arriviez j'étais tranquille. J'allais mourir. J'attendais juste le bon moment. Je ne sais pas lequel. Mais je me disais que je le saurais le moment venu. Évidemment maintenant, c'est autre chose. Je ne peux pas mourir tranquille. Pas ici en tout cas. Avec Leila dans les parages. Et Gabi. Si j'en étais encore capable, je les aimerais bien, je crois. J'essaierais de les aider. Je dirais à Leila de ne pas s'encombrer avec toi. Je lui dirais qu'elle a fui son mec mais qu'elle a encore tiré le mauvais numéro. Que tu ne vaux rien. Je les prendrais avec moi et on te laisserait ici comme un con. Je m'occuperais d'eux jusqu'à ce qu'ils s'en sortent. Qu'ils reprennent une vie normale. Mais j'en suis tout simplement incapable. Je ne suis même pas en mesure de m'occuper de moi. Je suis déjà de l'autre côté.

— C'est pas vrai.

— Quoi ?

— C'est pas vrai. Je te vois. Je vous vois. Je te vois avec Leila. Et même avec Gabi. Tu les aimes bien. Tu te soucies d'eux. Tu me parles en ce moment même. C'est que tu es encore ici.

Elle hausse les épaules. Se lève. Et me plante là, sur la terrasse cernée de nuit. Je l'entends marcher dans le salon. Entrer dans sa chambre et en refermer la porte.

La maison est silencieuse. Antoine vient de partir au boulot. Il avait l'air crevé ce matin. Des cernes de raton laveur sous les yeux. Mal dormi, il m'a dit. Je l'ai embrassé comme si ça pouvait lui rendre un peu de sommeil, lui redonner de la force. Dans la nuit j'ai entendu leurs voix sur la terrasse. Je n'ai pas saisi les mots. Juste le ton. Qui suggérait l'abandon. Les armes qu'on dépose. Mais je peux me tromper. J'aimerais tant qu'ils se retrouvent. Que Lise pardonne, même si c'est impossible. Je suppose qu'on ne peut pas trop en demander. Ils cohabitent. C'est déjà bien. Elle ne le regarde plus avec tant de rage, de mépris, je crois. Elle s'accommode de sa présence. Même si c'est à moi qu'elle parle le plus souvent. Je sens aussi qu'elle supporte un peu mieux la présence de Gabi. Qu'une forme de tendresse point dans son regard quand elle le voit apparaître, quand elle l'observe en train de jouer.

Hier soir, en rentrant de notre balade, Lise a pilé sec. Dans la lueur des phares nous avons vu apparaître une biche, immobile au milieu de la route. Elle nous a fixés longuement. Regarde Gabi, a fait Lise.

Regarde ! Gabi a glissé la tête entre les fauteuils et il a poussé un cri de joie en contemplant l'animal pétrifié. On dirait qu'elle nous sourit, il a fait. On dirait qu'elle nous connaît. Lise a acquiescé et elle est sortie de la voiture. À pas lents elle s'est avancée vers la biche. La créature n'a pas bougé d'un pouce. Une statue. Avec aux lèvres une expression énigmatique et tendre. Gabi et moi, on n'en revenait pas. Lise avançait à petits pas, s'approchait peu à peu. Elle a tendu la main. Elle était à deux doigts de la toucher quand la bête s'est enfuie et a disparu dans les bois, s'est fondue dans la nuit d'arbres noirs. Lise est rentrée dans la voiture. Je l'ai entendue murmurer « j'ai cru que c'était lui ». Qu'est-ce que ça pouvait bien vouloir dire ? Je lui ai demandé de répéter mais elle n'a pas paru m'entendre. Perdue dans ses pensées. Très loin à l'intérieur d'elle-même, soudain. Au moment où elle allait redémarrer un cri s'est échappé de sa bouche. Gabi a claqué des mains, aux anges : trois sangliers venaient de traverser la route à leur tour, l'air affolé. On va peut-être voir Obélix, il a dit. Il les chasse. C'est pour ça qu'ils s'enfuient comme ça. Cette fois Lise a démarré et nous avons roulé au pas jusqu'à la maison, nous attendant à chaque mètre de bitume à voir apparaître un animal.

Gabi dort encore. Depuis que nous sommes ici il n'a pas fait une seule fois mention de son père. Pas une seule fois il n'a demandé où il était, quand nous allions le revoir. J'ignore si je dois m'en inquiéter. De ça et de la vie que je lui fais vivre. Une vie de cavale. Jusqu'à quand ça va tenir ? Où ça va nous mener ? Tout ce que je sais, c'est que je ne l'ai jamais vu aussi heureux, mon petit loup. Avant que nous ne prenions la fuite je le trouvais souvent inquiet. En demande de protection. À longueur de journée il réclamait des câlins, des étreintes, se blottissait dans mes bras. Il avait peur de dormir tout seul dans la pénombre du salon où se tenait son petit lit. Réclamait de dormir avec moi. Alex refusait. Ça me fendait le cœur de l'entendre sangloter sans rien pouvoir faire de l'autre côté de la porte. Ici il dort comme un loir. Sourit du soir au matin. Déploie une énergie que je ne lui connaissais pas. Court dans tous les sens sur la plage, se goinfre de mer et de sable, d'arbres et de rochers. J'ai l'impression qu'il respire enfin. Qu'il se déploie. Qu'il s'épanouit. Étrange comme il semble plus heureux soudain. Loin de son père. Loin de chez lui. Avec deux inconnus pour le veiller à mes côtés. Deux inconnus qui, même imperceptiblement, se tiennent à distance, effarouchés, méfiants, mais qu'il attendrit, dont il abat les défenses, qu'il désarme de ses rires et de sa joie. De sa tendresse et de ses élans.

J'allume une cigarette. Je contemple la baie. Je voudrais que rien ne change. Que ça ne s'arrête jamais, cette vie suspendue. Avec Gabi, avec Antoine. Et même Lise. Dans cette maison. Je sais pourtant que c'est provisoire. Friable. Fragile. Que quelque chose va finir par se gripper. S'abattre sur nous. Mais j'essaie de ne pas y penser. De prendre ce qu'il y a à prendre. Gabi qui se déploie. Antoine qui me protège de sa douceur, de son amour. De ses failles, même. Lise qui ne semble plus si loin en elle-même, parfois. Qui remonte à la surface de temps à autre. Quelle drôle d'équipe nous formons.

Quand j'arrive à l'hôtel, le soleil est déjà haut dans le ciel parfait. La mer est lisse et d'un bleu très tendre. Les clients finissent leur petit déjeuner dans l'air tiède et parfumé. Certains sont déjà installés sur leurs transats. Cassandra carbure au champagne. Elle me commande une coupe en riant.

— Ici c'est mon repas du matin, me dit-elle. Deux coupes. Ça me met de bonne humeur.

L'actrice s'installe deux transats plus loin. Enveloppée dans un paréo. Des lunettes noires couvrent ses yeux. Je lui demande si elle désire quelque chose. D'une voix enrouée elle me commande un café. Je ne peux pas m'empêcher de me demander ce qu'elle fait seule ici. D'après Yann, elle est là depuis six jours. Elle ne parle à personne. Passe son temps à lire ou à somnoler au soleil. Parfois fait quelques brasses dans la piscine. Tout le monde la regarde. Sa beauté est comme un aimant. Mais elle a l'air de s'en foutre. Je suppose qu'elle a l'habitude. D'être seule et le centre de l'attention. Entre deux services, Yann me demande si j'ai appelé son dealer et je sais pas pourquoi mais je lui dis oui. Ça ne coûte rien et ça a l'air de le mettre en joie. Puis il me raconte que ce matin, alors qu'il nettoyait la piscine, en jetant un œil à l'hôtel il l'a vue nue par la fenêtre.

— Qui ça ?

— Ben, elle. L'actrice.

— Et ?

— Putain. Tu peux pas savoir. Une beauté pareille. C'est comme dans un film.

Je ne sais pas quoi répondre à ça. À mon avis, les films devraient surtout ressembler à la vie, pas le contraire. Et puis la beauté de l'actrice, bien sûr je la vois comme tout le monde mais passé le choc, ça ne me fait pas plus d'effet que n'importe quoi d'autre de beau. Peut-être que je suis pas normal. Ou bien c'est juste que Leila me mange tellement le cerveau que je suis plus capable de voir qui que ce soit d'autre. Devant mon silence, Yann me regarde comme si j'étais taré, ou malade.

— T'as l'air de t'en foutre. T'es pas pédé au moins ? T'as quelqu'un, c'est ça ?

— Oui, je marmonne.

— Allez, vas-y, raconte…

— Ben elle s'appelle Leila. Elle a vingt-six ans. Elle est maquée. Et elle a un enfant.

— La vache.

Il a l'air vraiment impressionné. Et envieux. Je ne sais pas pourquoi j'ai menti sur son âge à mon tour. Peut-être pour me la jouer. Et qu'il fasse pas de calculs. Qu'il se dise pas que c'est une fille paumée, du genre à tomber enceinte à dix-sept ans.

— Et elle est bonne ? Raconte. Elle suce bien ?

Je le dévisage un moment et j'ai pas l'impression qu'il réalise vraiment ce qu'il vient de me demander. Je vois bien que c'est juste un pauvre type et qu'il ferait pas de mal à une mouche, juste un obsédé frustré à mort qui mate trop de porno et d'émissions de télé où les mecs parlent comme ça mais je ne sais pas pourquoi, ça me fout quand même les boules de l'entendre parler ainsi de Leila. J'hallucine toujours que des types puissent parler des filles en ces termes. Quand je les entends j'ai l'impression qu'on est pas de la même espèce, que ces types vivent dans un autre monde que je ne connais pas et que je ne veux surtout pas connaître. Un monde peuplé de porcs. Alors pour voir je lui dis que je déconne, en fait oui, je suis pédé, je m'en fous des filles, d'ailleurs lui, je le trouve plutôt mignon. Il me fixe et son poing se serre comme s'il avait l'intention de me l'envoyer dans la gueule. Puis je lui souris et je vois bien qu'il se demande si je me foutrais pas de sa gueule, par hasard.

— Mais t'inquiète, je tenterai rien, même si t'as quand même un joli p'tit boule, je lui dis avec tout le sérieux dont je suis capable.

Un instant je vois qu'il tique, qu'il sait plus si c'est du lard ou du cochon, et puis il se marre comme une baleine et me tape dans l'épaule en disant que je suis vraiment trop con, putain.

Je jette un œil à la terrasse. Cassandra me fait signe. Je la rejoins et elle me réclame une nouvelle coupe.

— Elles sont percées ou quoi, vos flûtes, rigole-t-elle avec son accent anglais irrésistible.

Puis elle me raconte qu'elle a un truc à fêter. Un de ses fils va être de nouveau papa. Elle vient de l'apprendre. Bien sûr comme ils vivent loin elle ne les voit pas souvent, ses petits-enfants, mais quand même, tout ça, c'est de la joie, c'est de la vie et c'est beau, non ? J'acquiesce et dans mon cerveau je revois la joie de Lise et de la famille tout entière à la naissance d'Enzo. Le bonheur simple que c'était, dont on avait même conscience, de le regarder dans son couffin, de s'émerveiller au moindre sourire, au moindre babillage, puis plus tard en le regardant faire ses premiers pas, prononcer ses premiers mots, taper dans un ballon, apprendre à faire du vélo, à nager, lire, dessiner, assembler des Lego. Le bonheur tout simple et indicible que c'était de répondre à ses questions, de le sentir se blottir contre moi quand on regardait des dessins animés tous les deux, de jouer avec lui dans le jardin ou avec mes vieux jouets quand il venait à la maison. Son rire. Son putain de rire. Je sens les larmes monter.

— *Are you OK, Antoine ?*

— *Yes Yes, Cassandra. Congratulations. I'm happy for you and your son. Let me bring you your glass of champagne.*

Je m'éloigne et en passant devant elle, je vois l'actrice s'essuyer discrètement les yeux. Elle aussi a des larmes au bord des cils. Je ne sais pas si ça a un rapport avec la conversation qu'elle vient forcément d'entendre, à deux transats de là. Sans doute que non. J'hésite un instant puis je lui demande si ça va, si elle a besoin de quelque chose. D'abord elle semble éberluée que je m'adresse à elle, que je me soucie des larmes qui maintenant coulent doucement sur ses joues. Elle semble hésiter à me répondre puis se reprend, se raidit et me demande sèchement de la laisser tranquille, si elle a besoin de quoi que ce soit elle me le fera savoir. J'encaisse.

Quand je rejoins le bar, Yann me regarde d'un air mauvais.

— De quoi tu lui as parlé ?

— Hein ?

— De quoi tu lui as parlé ? Tu t'es arrêté devant elle et vous avez parlé. Vous vous êtes dit quoi ?

— Rien. Je lui ai demandé si elle avait besoin de quelque chose, c'est tout.

— Et ?

— Ben rien. Elle m'a répondu qu'elle avait besoin de rien, que ça allait.

— C'est ça. Prends-moi pour un con. J'y crois pas à ton histoire. Ta meuf de vingt-six berges et son gosse. Tu m'as dit ça pour m'embrouiller. Pour pas que je me méfie. Je vois bien ton manège. Mais je suis bien content qu'elle t'ait rembarré. Je t'ai déjà dit : c'est chasse gardée. Elle est pour moi.

Je prends la coupe de champagne qu'il me tend et je vais pour rejoindre Cassandra en me demandant comment il peut croire un instant avoir la moindre chance avec l'actrice quand le patron m'arrête. Il veut savoir si j'ai pensé à lui ramener mon numéro de Sécurité sociale, mon RIB et tous les éléments nécessaires pour établir mes fiches de paie et finaliser mon contrat. Je lui réponds que j'ai oublié et ça n'a pas l'air de lui faire plaisir. Si un inspecteur du travail se pointe on est mal, il dit, et je l'écoute tout en adressant un sourire à Cassandra qui me fait des signes du genre : et alors, elle vient cette coupette… Je la rejoins et elle me désigne la chaise longue où était allongée l'actrice il y a quelques secondes encore. Cassandra m'explique

que ses larmes ont redoublé pendant que j'étais au comptoir et qu'elle a fini par regagner sa chambre. Elle me la désigne du menton. Celle avec les rideaux tirés, là. Puis elle sort de son sac une liasse de magazines people. En couverture de certains je reconnais l'actrice. Et ce que je lis vient me perforer la poitrine. Je ne sais pas comment dire. C'est comme si quelque chose s'acharnait sur moi, voulait me refoutre la tête sous l'eau à chaque fois que je regagne la surface. Comme si Dieu ou je ne sais pas qui voulait à tout prix que j'oublie pas un instant ce que j'ai fait. Bien sûr c'est débile de ma part d'imaginer que j'ai le moindre lien avec ce que racontent ces torchons, ce drame atroce qui a frappé l'actrice : son enfant percuté par une voiture. Son enfant mort. Sa tentative de suicide. Les séjours en clinique. Puis le retrait complet du monde du cinéma. Sur la couverture d'un des magazines on aperçoit l'actrice sur la petite plage privée en bas de l'hôtel. Elle est en train d'entrer dans l'eau, très belle, seins nus. Au-dessus de la photo un titre dégueulasse, genre « on dirait qu'elle va mieux, elle prend du bon temps ». Je rends ces saloperies à Cassandra. Je lui demande pourquoi elle achète des merdes pareilles et je crois que ça la sèche, cette vieille peau, parce qu'elle tire la gueule, range ses journaux dans son sac et se lève pour se diriger vers la piscine après avoir bu sa coupe cul sec. Je reste là comme un con, le regard rivé aux rideaux fermés. Un type me tape sur l'épaule. C'est un Allemand. Avec un très fort accent il me dit en français que ça fait trois fois qu'il m'appelle et qu'il voudrait un grand café crème avec des scones. Il ajoute qu'à son avis je ne suis pas payé pour rêvasser comme ça… J'ai bien envie de l'envoyer chier mais je m'exécute. Je retourne au bar et Yann me rejoint.

— Elle a pas l'air d'aller bien, je lui fais en attendant que le barman fasse couler le café.

— Qui ça ?

— L'actrice. Elle pleurait tout à l'heure. Et elle est partie s'enfermer dans sa chambre.

— Et alors ? Elle a le droit, non ?

— J'ai un mauvais pressentiment.

— Quoi ?

— Un mauvais pressentiment. Elle a vécu des trucs très durs. Elle avait pas l'air bien du tout.

— T'inquiète. C'est sûrement un petit coup de blues. C'est comme ça, les artistes. Elle va se prendre un cachet et ça va passer.

Je dispose le café et les scones sur le plateau et je retourne à la terrasse. Yann a sûrement raison. Bien sûr c'est plus qu'un petit coup de blues vu ce qu'elle a vécu. Cette nuit Lise m'a raconté comment elle était morte à l'intérieur, et elle m'a avoué qu'elle avait l'intention d'en finir. Mais ce sont deux personnes distinctes. Je me fais sûrement des films. C'est ce que je me dis quand je la vois apparaître sur le balcon de sa chambre au cinquième étage, enjamber le balcon et se laisser tomber. Son corps s'écrase sur la terrasse dans un bruit sourd. Des cris horrifiés s'échappent des vacanciers, suivis d'un silence de mort. Elle gît, les cheveux en étoile autour de son visage fracassé.

Au large, le ciel se charge de lourds nuages anthracite. Côté terre le soleil inonde les collines, les arbres et les roches. Sur la mer la lumière est violente. Toutes les couleurs semblent décuplées. Le rose orangé vire au rouge sanguin, le blanc du sable à l'or, le bleu turquoise au phosphorescent. Sur la terrasse, Leila bouquine dans le rocking-chair. Le carnet que je lui ai offert est posé sur la table. Je me demande bien ce qu'elle écrit là-dedans. Depuis que je la connais, je ne la vois jamais le quitter, y consigner des choses à la dérobée, parfois s'y plonger pendant de longues minutes. Chaque fois que je lui ai demandé ce qu'elle y notait, elle m'a envoyé chier. Des trucs, elle dit. Pour pas oublier. Faire le point.

Je touche son épaule et elle sursaute.

— Tu m'as fait peur.

Puis elle me regarde et je dois être encore plus blême que d'habitude parce qu'elle me demande si ça va. Même Gabi remarque que je suis pas d'équerre. Il vient me poser un baiser sur la joue et repart dans le salon finir un puzzle. Je m'effondre dans une chaise en toile et je raconte à Leila. L'actrice démantibulée sur les pierres blondes de la terrasse, au milieu du décor parfait, du luxe des piscines et des fauteuils profonds, des clients élégants et des coupes de champagne au petit déjeuner. L'effroi qui s'est emparé de chacun, Yann qui a vomi dans les plantes en pot, la panique, l'arrivée des secours, le corps recouvert d'un drap et emmené sur une civière. La longue après-midi funèbre, fantomatique, déboussolée. Et puis l'arrivée des journalistes. La brutalité rapace de leurs questions, de leurs caméras, de leurs appareils photo.

— Tu sais pourquoi elle a fait ça ? me demande Leila.

— Son fils. Il est mort il y a six mois. Renversé par une voiture.

Et je fonds en larmes. Dans ma tête tout se mélange, le gosse de l'actrice et Enzo, les voitures, Lise, ma main qui lâche celle du petit pour m'allumer un joint, tous les parkings du monde, tous les mecs irresponsables dans mon genre, toutes les grosses bagnoles surélevées et leur putain de rétroviseur trop haut perché pour saisir l'image d'un enfant joyeux qui marche en se racontant des histoires, se précipite vers le cinéma, se demande à haute voix quel parfum de glace il va choisir. Et puis soudain ça me saute à la cervelle : Lise. Où est-elle ? Je regarde les nuages qui foncent vers nous maintenant, éteignent la mer et les rochers, les arbres, les maisons qui semblent avoir soudain perdu leurs couleurs. Au large, un voile de pluie barre l'horizon. Le ciel se confond avec la mer. Un coup de tonnerre. Un éclair zèbre la baie. Le petit se précipite dans les bras de sa mère, apeuré. Leila le rassure.

— C'est rien. C'est un orage, mon ange. Il va nous passer dessus mais on est à l'abri ici.

Je traverse la maison et je jette un œil à la rue. La voiture de Lise est là, garée bien sagement.

— Putain, elle est où, Lise ?

— Partie se balader.

— À pied ?

— Oui. Elle voulait faire un tour dans les collines. Elle a parlé du chemin qui part de là-haut, après les dernières maisons.

Je me précipite dans sa chambre. Son sac à dos. Son téléphone. Ses papiers. Tout est sagement rangé sur la table de nuit. Elle est partie sans rien. Je sors de la maison. La pluie commence à tomber. Des gouttes lourdes, espacées, qui vont bientôt se transformer en un rideau épais. Je connais la pluie ici, elle ne tombe pas souvent mais quand elle tombe, c'est pour de bon. Ça peut durer des heures. Les routes se transforment en toboggan aquatique. La terre orange dégouline de partout, dans les rues, les jardins, et court jusqu'à la mer, qui soudain devient marron. Je sursaute. Le tonnerre s'est rapproché. Et l'éclair qui suit s'abat sur la colline au-dessus de la maison. J'essaie de me raisonner. Lise est sûrement sur le chemin du retour. Elle va arriver dans quelques minutes, trempée comme une soupe, elle en rira, même. Je rabats la capuche de mon sweat et fais quelques pas en direction du chemin qui s'enfonce dans le massif. J'arrive à la barrière qui interdit l'accès aux voitures sauf aux véhicules de secours et au garde forestier. L'eau me coule dans les yeux, tout est un peu trouble mais sur le sentier caillouteux qui monte en pente raide je ne vois pas Lise. Juste deux promeneurs qui descendent à toute vitesse.

Je me précipite sur eux et leur demande s'ils n'ont pas aperçu une femme seule, là-haut. Mais non. Ils n'ont croisé personne. Sur les chemins qu'ils ont pris en tout cas. Mais il y en a tant. Le massif est si vaste. Je commence à monter en gueulant Lise mais ma voix se perd dans le grondement de la pluie et du tonnerre. La pluie redouble et le ciel est si noir qu'on le croirait de nuit. L'orage tourne et des éclairs s'abattent à intervalles réguliers tout autour de moi, éclairent le massif en flashs violents. Je suis trempé, je gueule dans le vide, au milieu des écoulements d'eau, des grincements d'arbres tordus par le vent, du bruissement des feuilles, des coulées de terre et de cailloux. Arrivé en haut du chemin, des tas de sentiers partent en étoile en direction des collines ou des vallées, des torrents ou des sommets. Je me dirige vers le bosquet de mimosas et d'eucalyptus en espérant y trouver un abri. J'avance et je distingue une forme humaine allongée dans la terre, au pied d'un petit autel voué à saint Honorat. Dans une cavité de pierre s'empilent des ex-voto, des offrandes, des prières et des messages de remerciements consignés dans de vieux cahiers humides. J'avance encore et cette fois j'en suis sûr, c'est bien Lise étendue là, allongée dans la terre orange où poussent des herbes folles et des fleurs sauvages. Elle a les yeux grands ouverts rivés au ciel furieux. Un sourire extatique se dessine sur ses lèvres. Elle se laisse transpercer par la pluie lourde, serrée, douloureuse. Je me penche sur elle, la secoue, elle ne quitte pas son sourire, me regarde avec une folle tendresse soudain, se redresse et se blottit dans mes bras. J'embrasse son front, caresse ses cheveux. Je ne sais pas ce que nous foutons là, sous les arbres et la pluie, dans l'immensité sauvage, peuplée d'animaux terrés en silence, livrés aux éléments déchaînés.

— Ça va, Lise ? je lui demande. Il faut y aller maintenant. Il faut rentrer. Tu vas tomber malade.

Elle se relève doucement. Ses vêtements, ses cheveux, sa peau sont maculés de boue. Le tissu se colle à sa peau et je réalise combien elle a maigri. Sous le camouflage des tee-shirts, des jeans, des robes qu'elle porte amples, je n'avais pas remarqué, mais elle n'a plus que la peau sur les os. Elle ne pèse rien au bout de mes bras quand je l'entraîne sur le chemin du retour. Nous dévalons le sentier, glissons et manquons tomber mille fois, emportés par les rigoles et les cailloux en cascade, nous raccrochons l'un à l'autre, aux branches, aux buissons, nous éraflons les doigts, les genoux. Lise rit. Elle rit aux éclats. Elle a l'air d'une folle. Complètement jetée. Illuminée.

Arrivés à la maison Leila se précipite sur nous. Le petit est mort de rire en nous voyant quasi liquides et dégueulasses. Lise se laisse emmener dans la salle de bains. Leila l'aide à se déshabiller, l'emmitoufle dans des serviettes épaisses, branche le sèche-cheveux et le promène sur son corps. Lise se laisse faire. Une fois en pyjama nous l'accompagnons dans sa chambre mais elle refuse. Elle veut boire. Un whisky. Elle a faim. Ça fait des années qu'elle n'a pas eu faim à ce point. Leila me dit qu'elle s'en charge. J'accompagne Lise au salon. Nous nous postons devant la fenêtre. La pluie a cessé. Le ciel se déchire en grands lambeaux d'un bleu lumineux strié de nuages noirs et épais. Un long rideau de lumière s'abat sur la mer. Au large elle s'illumine en turquoise. Plus près du sable elle est boueuse et trouble, presque orange. Nous buvons nos whiskies à petites gorgées pendant que sur la platine Otis Redding chante qu'il est assis sur les docks face à la baie.

— Qu'est-ce qui s'est passé, là-haut ? je demande. Qu'est-ce qui t'est arrivé ? Pourquoi t'étais allongée comme ça dans la terre ?

— Il était là.

— Qui ça ?

— Lui. Il était là. Je l'ai senti. Dans les arbres. Les roches. Dans l'air. Dans chaque goutte de pluie. Il était là avec moi. Mon petit. J'ai senti sa présence, tu comprends. J'ai senti sa présence. Ici, dans ce monde. Invisible mais là quand même, avec moi. Tout près. À l'intérieur. C'est la première fois. Ça fait des mois que j'attends ça. Que j'espère. C'est la seule chose que j'attends encore. Que j'espère. Des mois. Depuis sa mort. Quand je vais au cimetière je ne ressens rien. Il n'y est pas. Sous la tombe ce n'est pas lui. C'est comme s'il s'était évadé. Qu'il était parti ailleurs. Mais je l'ai retrouvé. Ou il m'a retrouvée. Il m'a fait signe. Je l'ai senti. Je l'ai senti, je te dis.

Je regarde Lise et son visage est baigné de larmes calmes, des larmes de joie, je crois. Ou de soulagement. Des larmes qui se confondent avec son sourire. Dans notre dos j'entends Leila dresser la table. Déposer sur la nappe du pain, du jambon, des fruits, du fromage. Gabi attrape la main de Lise. Et l'entraîne jusqu'à sa chaise, en chantonnant « on passe à table, on passe à table » sur l'air d'« on est les champions »… Elle chantonne avec lui.

Hier, après la tempête, le calme est revenu. Lise s'est endormie sur le canapé du salon. Bercée par la musique. Un sourire extatique aux lèvres. Antoine a passé la nuit sur la terrasse, dans le rocking-chair. Encore secoué. Par sa journée à l'hôtel. Le corps de l'actrice inanimé sur la terrasse, tombée du cinquième étage. Puis est venu l'orage. Et la disparition de Lise. Quand ils sont revenus, trempés, maculés de terre et de boue elle semblait complètement à l'ouest, partie très loin dans son délire. Elle m'a pris les mains et m'a dit il m'a fait signe, il était là. Je n'ai pas compris de quoi elle parlait. Plus tard Antoine m'a expliqué. Il avait l'air interdit, effaré. Elle délire. Elle est timbrée, m'a-t-il soufflé. Je l'ai engueulé doucement. Lui ai répondu que pour un type qui se voulait ouvert d'esprit, je le trouvais bien borné soudain. Je ne sais pas pourquoi mais il a une phobie de tout ce qui semble échapper à la raison. Les signes. Les ondes. Les fantômes. Les esprits. Moi je ne sais pas si j'y crois. Voilà. C'est tout. Une fois de plus. Je ne sais pas. Peut-être que sa sœur délire. Peut-être qu'elle a vraiment vu, perçu, ressenti quelque chose. Peut-être qu'Enzo lui a fait signe. Qu'il est là, partout, autour de nous, même quand on ne le sent pas. Comment savoir ? Qui suis-je pour croire savoir quoi que ce soit ? La vie me dépasse. La vie nous dépasse. Tous autant que nous sommes. Comment peut-elle être si vaste et si petite à la fois ?

Hier, un autre miracle s'est produit. Je n'ai pas pu en parler à Antoine. Il était si secoué à son retour. Et plus encore quand il est revenu à la maison avec Lise. Toute la journée pourtant, j'avais attendu cet instant. Le moment où je pourrais lui dire : j'ai retrouvé la trace de Jen. Je l'ai retrouvée. Au retour de la plage, j'ai demandé à Lise de me prêter son ordinateur. J'ai consulté ma messagerie. Et il y avait une notification qui m'attendait. Le dernier Paolo Immobile à qui j'avais écrit m'avait répondu. J'ai ouvert sans attendre. Et ce type me répondait oui. Il vivait bien avec une certaine Jennifer. Qu'il avait rencontrée à Agay, alors qu'elle était serveuse à l'Auberge de la Rade. Il n'en disait pas plus. Me demandait juste pourquoi je lui posais cette question, et qui j'étais. Je me suis connectée à son profil. Une page privée. On voyait juste sa photo. Un type plutôt pas mal. Aux traits fins. Aux cheveux gris argenté coupés court. En costard. Sous son nom il était inscrit Genoa. Gênes. Une ville d'Italie du Nord, au bord de la mer. Sur la droite de l'écran j'ai vu qu'il était en ligne. Je lui ai renvoyé un message. J'ai écrit que je connaissais bien Jen. Que j'étais sa sœur. Il a tout de suite répondu. Elle n'a pas de sœur à ma connaissance. Qu'est-ce que vous racontez ? J'ai dit si, elle en a une, c'est moi, est-ce qu'elle va bien ? Est-ce que vous vivez ensemble ? Et il a répondu oui, ils vivaient ensemble, à Gênes. Mais tant que je ne lui dirais pas qui j'étais vraiment il ne m'en dirait pas plus. Mais je suis sa sœur, je vous dis, j'ai tapé et là l'icône s'est éteinte et j'ai compris qu'il avait quitté Messenger. Je suis retournée à son profil. J'ai cliqué partout. Dans la rubrique photo j'ai retrouvé celle de son profil. Et une autre. Une seule. Lui et Jen. Enlacés. Sur une place. Sûrement en Italie. Sûrement à Gênes. J'ai zoomé et j'ai regardé ma sœur telle qu'elle était devenue après toutes ces années. Ma sœur. Elle était là. Comme un double de moi-même. C'est dingue comme on se ressemble. Je n'avais jamais remarqué à l'époque, surtout que notre père disait toujours qu'elle était belle comme le jour contrairement à moi qui étais sans grâce. T'es moche, il disait toujours. Personne ne voudra de toi. Et puis plus tard il me crachait juste que j'avais l'air d'une pute, maquillée comme j'étais, habillée comme ça. Avec mes jupes courtes et mes bottines. Mes hauts qui me moulaient les seins. Je le dégoûtais. Plus tard encore il me disait qu'avec Alex au moins j'étais casée. Que c'était déjà ça. Et que j'avais eu de la chance au final que quelqu'un ait voulu de moi.

Ma sœur. Jen. Je regardais la photo. Je ne pouvais pas m'en détacher. À un moment Lise est entrée dans la pièce, elle s'est penchée sur l'ordinateur et elle a dit c'est qui ? C'est marrant, on dirait toi en plus vieille. J'ai dit c'est ma sœur. Je l'ai retrouvée. Elle vit à Gênes putain. Je l'ai retrouvée. Elle vit à Gênes, avec ce type. J'ai cliqué sur la photo de Paolo Immobile et je la lui ai montrée. Beau mec, elle a fait. Et puis Gênes, c'est pas si loin. En bagnole y en a pour quoi, trois heures. C'est à ce moment-là qu'un message est tombé sur Messenger. Il était de nouveau en ligne. J'ai ouvert. Il était écrit : Salut. C'est moi. Jen. On a chatté un moment. Elle m'a parlé d'elle. De sa nouvelle vie. Avec Paolo. En Italie. De leur fille. Lubna. Son deuxième prénom, c'était Leila. Je ne lui ai pas demandé pourquoi elle m'avait laissée sans nouvelles toutes ces années. Je me suis dit que ce n'était pas le moment. On a juste parlé de se voir. Elle n'en revenait pas que je sois à Agay. Que j'aie reconnu l'auberge où elle avait travaillé. Que j'ai remonté sa piste. Retrouvé sa trace. Mais elle était heureuse. Je ne pouvais pas savoir, elle disait. Tu parles. Bien sûr que je pouvais savoir. Je le savais mieux que personne. Elle n'a pas demandé de nouvelles des parents. Elle m'a juste fait jurer de rien leur dire. J'ai juré. Et puis ça s'est arrêté là. Elle devait partir pour le boulot. Elle était déjà en retard. On se reparlerait plus tard. Je n'avais qu'à utiliser la messagerie de Paolo. Elle n'en possédait pas.

Tout ça, c'était hier. Et ce matin je me suis réveillée si heureuse. Antoine était déjà parti au boulot. Lise avait l'air bien, elle avait préparé le café, le petit déjeuner. Faut que tu sois en forme, elle a dit. Sur le coup je n'ai pas compris pourquoi elle disait ça. Et puis je me suis souvenue. L'entretien. Je me suis douchée en vitesse. Maquillée. Coiffée. Lise m'a prêté une jupe, un chemisier, une paire de chaussures à talons. Un cadeau. Elle avait acheté tout ça dans une boutique à Saint-Raphaël. En prévision. Juste pour moi. Ça m'a tellement touchée, cette attention. Je me suis regardée dans la glace. Je me sentais déguisée mais je me suis trouvée belle. Classe. Peut-être un peu trop pour aller chercher un job de femme de chambre. Mais Lise n'en a pas démordu. Il faut toujours faire bonne impression, elle a dit. Bien présenter. J'ai eu l'impression d'entendre l'autre conne de Pôle emploi. Mais j'ai obéi. Elle s'est occupée de préparer Gabi et on est partis. Elle m'a déposée devant l'hôtel. Je lui ai demandé si ça allait, si elle était sûre de pouvoir s'occuper du gosse. Elle s'est retournée vers lui et elle a dit bien sûr. Hein qu'on va bien s'amuser tous les deux. Je ne l'avais jamais vue aussi enjouée. Gabi a répondu ouais, on va s'éclater avec ma deuxième maman. Et même là, Lise n'a pas semblé tiquer. Son visage ne s'est pas crispé. Son corps ne s'est pas raidi. Elle lui a juste passé la main dans les cheveux et s'est retournée vers moi pour me souhaiter bonne chance.

Je suis entrée dans l'hôtel. Je me suis présentée à l'accueil. On m'a dit que j'étais attendue. On m'a accompagnée jusqu'à un bureau. Le patron des lieux avait la quarantaine. Plutôt soigné dans le genre qui se la pète. Tout de suite j'ai vu qu'il me déshabillait du regard et qu'il avait l'air d'apprécier ce qu'il voyait. Putains de talons hauts, putain de jupe, j'ai pensé. C'était toujours pareil. Ces mecs, il en fallait peu pour faire sortir le porc en eux. Il a parcouru des yeux mon CV. M'a posé les questions d'usage. Tout ce temps je voyais bien qu'il matait mes seins à travers le tissu blanc du chemisier. Puis il a commencé à m'expliquer qu'on était nombreuses à briguer ce poste. Et que je n'étais pas la plus qualifiée. Je lui ai répondu que je savais changer des draps, faire un lit, que je savais faire le ménage depuis toute petite, je le faisais chez mes parents quand je vivais avec eux, je le faisais dans mon appartement, et personne n'avait l'air de trouver à redire sur la propreté des lieux après mon passage. Il a souri. Puis m'a dit que de toute façon j'avais d'autres qualités. Et que pour être franc il avait bien envie de me le filer, ce poste, qu'il aurait plaisir à travailler avec moi, à me côtoyer tous les jours. Qu'il avait hâte de mieux me connaître. Sur ce il s'est levé et a contourné le bureau. Sur le coup je me suis dit non, il va pas me la jouer comme ça, direct, c'est trop gros, trop cliché. Mais si. Il a posé sa main sur mon épaule. M'a demandé comment je croyais pouvoir le convaincre de me donner ce poste. J'en avais vraiment besoin s'il ne se trompait pas. J'avais un gosse à nourrir, non ? Et puis sa main est descendue sur mon sein droit. Ça peut paraître dingue mais je n'ai pas réagi immédiatement. J'étais tétanisée. Il a posé son autre main sur mon autre sein, a commencé à trifouiller dans les boutons de mon chemisier, à passer ses doigts en dessous, à les promener sous mon soutien-gorge. Il s'est collé à moi. J'ai senti sa bite dure contre mon bras. Il s'est penché un peu plus pour m'embrasser dans le cou. Et c'est là que j'ai enfin réagi. Que je suis sortie de ma pétrification. C'est là que j'ai pris des ciseaux sur le bureau et que je les ai plantés dans sa cuisse. Enfin « plantés », c'est beaucoup dire. C'était des ciseaux à bouts ronds. Mais ça lui a quand même arraché un cri de douleur. Je me suis dégagée de ma chaise et de ses bras. Et je me suis tirée à toute vitesse, pendant qu'il me traitait de petite salope. De petite salope d'allumeuse. De pute. J'ai quitté l'hôtel en furie. J'ai marché le long de la plage en pressant le pas, des larmes plein la gueule. Un passant m'a demandé si ça allait, j'ai pas répondu et j'ai continué. J'ai marché, marché, je voyais plus rien. Rien de la plage, de la mer, rien des roches rouges, rien des arbres, rien du centre commercial, rien des lacets de la route qui grimpait vers la maison. Je suis entrée et j'ai prié pour que Lise et Gabi ne soient pas là. Je voulais pas qu'ils me voient dans cet état. J'ai fait le tour des pièces. Vérifié la terrasse. Il n'y avait personne. Tant mieux. Je suis retournée au salon, j'ai enlevé tous mes vêtements. J'ai enfilé les miens à la place. J'ai mis de la musique. J'ai vu mon carnet sur la commode. Je l'ai pris. Et j'ai commencé à écrire. Je crois que ça me fait du bien. Que ça met tout à distance. Je respire mieux maintenant. Je me sens plus calme. Le téléphone de la maison vient de se mettre à sonner. Ça doit être Lise. Ou Antoine. Je referme le carnet.

Quand je suis arrivé à l'hôtel ce matin, il y avait encore ces putains de cars de journalistes garés devant. À l'accueil j'ai croisé Cassandra avec ses valises. Elle a annulé la fin de son séjour et rentre en Angleterre. Elle n'est pas la seule. D'autres touristes ont anticipé leur départ. Il y a aussi eu des annulations de réservation. Il paraît que le suicide de l'actrice a fait la une des journaux. Qu'on a vu l'hôtel un peu partout à la télé hier soir.

— Ça fait de la mauvaise pub, m'a dit Yann. Je sais pas. Les gens ça leur fout les jetons maintenant de passer leurs vacances à cet endroit, de fouler la terrasse où elle s'est écrasée, de peut-être loger dans la même chambre sans le savoir. Ça va passer mais si tu veux mon avis, la saison va être dure… Et puis t'as vu la mer, avec l'orage d'hier. Elle est marron. On dirait qu'un géant a chié dedans.

Effectivement il n'y avait pas grand monde sur la terrasse. Ni dans le restaurant. Et le peu de clients présents semblaient sous le choc. Abasourdis. Personne dans les piscines. Bordel. Où étaient-ils tous passés ?

Ils n'avaient quand même pas tous décampé. Trois types attablés, avec leur matériel d'enregistrement et leurs caméras pas loin m'ont fait signe. J'ai fait semblant de pas les voir. Je n'avais aucune envie de servir ces sales rapaces. Ces vautours. De temps en temps ils essayaient d'alpaguer un client. Je crois qu'ils espéraient les interviewer, recueillir leurs impressions, des détails sur la journée d'hier, un témoignage, mais personne n'a accepté de leur répondre. Bien fait pour leur gueule. Ils avaient l'air bien découragés mais ça ne les empêchait pas de se marrer et de profiter de la vue et du soleil qui brillait comme s'il n'avait jamais quitté sa place, comme si la veille aucun nuage, aucun éclair, aucun grondement de tonnerre n'avait mis le souk dans le ciel. Les mecs m'ont refait signe et je me suis quand même décidé à y aller. Le plus gros, je crois que c'était le cameraman, après m'avoir commandé un café allongé m'a demandé si je savais comment il pouvait trouver des filles dans le coin, si j'avais des plans. Et puis aussi quelque chose à fumer. J'en suis pas revenu. Qu'il demande ça comme ça, sans honte ni rien, comme si ça allait de soi. Se trouver une petite pute histoire de pas être venu pour rien. De joindre l'utile à l'agréable. Je n'ai rien répondu. Je suis retourné au bar. Le barman a fait couler les cafés et j'ai craché dedans en douce.

La journée a passé comme ça, plutôt calme, encore plus une fois que les types de la télé se sont cassés. Régulièrement je jette un œil à la mer où la nappe de boue n'en finit pas de s'étendre et de se diluer. Ça fait comme une pellicule de saleté à la surface qui recouvre toute la baie. De nouveaux clients viennent d'arriver.

Des retraités pour la plupart. Tout le monde est encore plus aux petits soins pour eux que d'habitude. Le patron nous demande de leur servir des coupes de champagne gratos, et des petits sandwichs au homard qui coûtent trente-deux balles à la carte. Puis tout redevient tranquille. Une dizaine de vieux lézardent sur les transats. Trois couples sirotent leurs cocktails dans les fauteuils profonds de la terrasse. Je m'accorde une petite pause clope et Yann vient me rejoindre.

— Y a un type qui a appelé à ton sujet, il me fait.

— Un type ? Qui ça ?

— Je sais pas. Il a pas dit son nom. Il voulait savoir si tu bossais bien là.

— Et… tu lui as dit quoi ?

— Ben que oui.

— Et c'est tout ?

— Il voulait savoir si j'avais ton adresse.

— Quoi ?

— Ton adresse. Là où tu crèches.

— Et tu lui as donnée ?

— Ben non. Je l'ai pas. Comment je l'aurais. Tu me l'as pas donnée. C'est sûrement dans ton dossier dans le bureau de la direction mais j'y ai pas accès. J'ai juste dit que c'était quelque part là-haut dans le hameau de la Bastide. Enfin c'est ce que tu m'as dit, alors… Quoi ? Fallait pas ?

Putain. C'est pas vrai. Mais quel con. Je suis sidéré par sa connerie. Je lui réponds que je prends ma pause et je m'éloigne. J'appelle à la maison mais il n'y a personne. Il me faut bien trois minutes, que je passe à sentir mon cœur se faire la malle de ma poitrine avant de me rappeler que Leila a son entretien d'embauche et que Lise a dit qu'elle emmènerait Gabi à la plage pendant ce temps-là. Comment j'ai pu oublier un truc pareil. La perspective de savoir Lise et Gabi ensemble, juste tous les deux sans Leila ni moi, après ce qui s'est passé hier. Ce matin quand j'ai croisé ma frangine elle avait toujours ce sourire indéchiffrable, bizarrement extatique sur les lèvres. Je lui ai demandé si ça allait, si elle se sentait capable de rester en tête à tête avec le gamin alors que depuis notre arrivée ici elle l'évite au maximum. Que le voir évoluer dans la maison, sur la terrasse lui crève le cœur à chaque instant. Et elle a répondu que oui, elle était prête, les choses avaient changé, elle en avait même envie. Elle l'adorait, ce gamin.

Sous mon crâne ça carbure à toute vitesse. Évidemment que c'est le mec de Lise qui a appelé. Ou un de ses sbires. À force, Leila m'a raconté en détail les activités louches de son mec. Les entrepôts de matériel électronique qu'il pille avec ses potes et la complicité de collègues de la sécurité qui surveillent l'endroit et les laissent faire moyennant un pourcentage. Les combines pour revendre tout ça. Et le business qui ne s'arrête pas là. Avec ses potes ils gèrent des filles, des mineures, qui font des passes dans des hôtels Formule 1 le long de la nationale. Et puis ça deale pas mal. Ces mecs, ils plaisantent pas. D'après Leila ils sont une vingtaine, hyper-organisés et discrets, et si Alex n'est pas le big boss il est quand même en haut de l'échelle. Elle m'a raconté tout ça et je n'en suis pas revenu.

— D'abord qu'est-ce qu'il en fout de tout ce fric ? Je sais pas. Avec votre deux-pièces et son job, vous avez pas l'air de rouler sur l'or.

Elle m'a répondu que c'était ça son secret pour pas se faire gauler. Le pognon dort à l'abri sur tout un tas de comptes dans tout un tas de pays où sévit le secret bancaire. L'idée, c'est de surtout pas attirer l'attention. Et puis de se tirer un jour dans les îles ou en Asie. D'acheter une baraque avec piscine et de plus rien foutre que de boire des cocktails les pieds dans le sable ou le cul dans une eau turquoise à vingt-huit degrés. Putain. Ces mecs ont trop regardé de clips de PNL, je lui ai dit, et ça l'a fait rire parce que oui, c'était un peu ça, ces mecs vivaient dans un clip ou dans un film de merde. La seule question à laquelle elle n'a pas su répondre, c'est qu'est-ce qu'elle foutait avec un mec pareil jusque-là. Comment elle a pu lui faire un gosse. Il faut croire qu'elle avait pas de réponse à ça. Le nombre de conneries qu'on fait sans savoir pourquoi, de merdiers où on se fourre comme si on était aveugles, c'est juste délirant. Je suis bien placé pour le savoir. Des fois je me dis qu'on n'a pas la moindre prise sur nos vies. Qu'on est comme des radeaux pourris ballottés par les vagues et les courants, et que tant qu'on coule pas, c'est déjà bien. On n'a pas toujours les moyens d'en demander plus.

Je rappelle une heure plus tard et cette fois ça décroche. Leila est rentrée à la maison et pour le job ça l'a pas fait. Elles étaient trois et les autres avaient plus d'expérience. Putain. De quelle expérience t'as besoin pour faire les lits, passer l'aspi, nettoyer la douche et les chiottes d'une chambre d'hôtel ? De quelle expérience t'as besoin pour déposer une corbeille de viennoiseries et une tasse de thé ou de café à la table des clients avant de leur demander leur numéro de chambre ? Mais ça va. Elle ne perd pas espoir.

C'est juste la vie de chercheuse d'emploi qui continue. Il n'y a pas de raison que ce soit plus facile ici qu'ailleurs. La mer et le soleil, ça ne change rien de ce côté-là. Trouver du taf dans ce pays, c'est toujours l'enfer. Je la laisse parler et puis je lui demande si tout va bien sinon, si Gabi a passé un bon moment avec Lise et elle me répond qu'elle en sait rien, qu'ils sont pas rentrés. Elle les a cherchés sur la plage en revenant de l'entretien mais ils n'y étaient pas. Je sens ma gorge se serrer, je sais pas ce que j'imagine mais j'imagine un truc du genre pire du pire alors qu'il n'y a sans doute pas de quoi, Lise aura emmené le gosse faire des courses, ou dans une calanque le long de la côte : Gabi adore jeter des cailloux depuis les petits pontons qui s'enfoncent dans les eaux transparentes. Il aime regarder les algues et les miroitements, les roches et les poissons qui filent à toute vitesse. À nouveau j'interroge Leila : elle est sûre que ça va ? Sa voix est bizarre. Elle a rien remarqué de spécial, rien d'inhabituel ? Non, elle ne voit pas où je veux en venir mais j'ai pas le temps de m'expliquer parce que Yann me tape sur l'épaule et me dit qu'il y a du monde sur la terrasse et que ça devient chaud au niveau du service, là, faut que je me grouille. Je raccroche et je me remets au boulot. Un groupe de touristes vient d'arriver, c'est pas des client de l'hôtel, ils viennent juste boire un verre et lézarder devant la mer. Je prends les commandes et je retourne au bar, mais j'arrête pas de cogiter. Qu'est-ce que je fous là à remplir mes plateaux de verres de vin, de jus de fruits, de cocktail, de soda, alors que le mec de Leila est peut-être à nos trousses, qu'il m'attend sûrement à la sortie de l'hôtel ou qu'il arpente déjà les rues parmi les petites villas roses à la recherche de la nôtre. Qu'est-ce que je fous encore là alors qu'il a peut-être repéré son fils avec Lise, qu'il les a peut-être embarqués ? Je fais signe à Yann d'approcher et il me demande ce que je veux. Il est super raide parce que notre supérieur nous a à l'œil : le mec est assis dans un de ces fauteuils à gros coussins et il tapote sur son ordinateur tout en vérifiant que tout se passe bien, que les clients sont contents, que le service est irréprochable.

— Qu'est-ce qu'il y a ?

— Faut que je me tire.

— Quoi ?

— J'ai un problème à régler. Une urgence. Faut que je rentre chez moi.

— Tu peux pas, mon pote. C'est ton troisième jour. Si tu te barres maintenant t'es viré, mec, c'est sûr.

— Je sais. Mais j'ai pas le choix.

— Pourquoi tu m'en parles alors ?

— Parce que j'ai besoin de ta bagnole.

La caisse de Yann sent le shit à plein nez. J'imagine la tête des flics le jour où il se fera contrôler… C'est sûrement psychologique mais rien que de respirer dans l'habitacle j'ai l'impression d'être défoncé. Je baisse les vitres et je roule comme je peux. J'ai pas tenu un volant entre mes mains depuis les cours pour le permis conduite accompagnée. Je les ai même pas finis. Après l'accident j'ai tout arrêté. Pendant des mois j'ai refusé de même monter dans une bagnole. Pour moi, c'était l'instrument de la mort.

Je longe la côte tout en surveillant les voitures qui me suivent dans le rétroviseur. Je jette un œil aux plages des fois que j'apercevrais Lise et Gabi. J'appelle Leila et elle me dit que tout va bien. Tout le monde est à la maison. Ils s'apprêtent à passer à table. Lise a l'air un peu crevée mais Gabi est hyper-content, elle lui a payé une glace et un ballon *Cars*. Je raccroche et j'accélère. Je traverse la station quasi déserte. La mer parfaitement lisse et ses couleurs retrouvées, la boue complètement diluée, évaporée maintenant, les palmiers et le sable blond, les collines couronnées de roches orange, les bosquets d'arbres aux verts variables, les fleurs rouges un peu partout, les cactées, le charme démodé des commerces et des hôtels, des villas, des restaurants, rien de tout ça ne parvient à desserrer l'étau qui me comprime les poumons. J'essaie de me raisonner. De me dire que je suis parano. Au niveau du centre commercial je tourne vers la maison, je passe sous les voies ferrées, je m'approche de la barrière. Je compose le code. La barrière se lève. J'appuie sur l'accélérateur. Et là je sais pas d'où elle vient mais je vois soudain une voiture me coller au cul pour passer avant que ça redescende. Je regarde dans le rétroviseur. Le type au volant porte une casquette et des lunettes de soleil mais il est du genre massif. J'accélère, je prends la première à gauche au lieu de continuer tout droit pour voir s'il me suit. Eh merde. Il me suit. Peut-être un hasard. Il est trop loin derrière pour que je voie vraiment à quoi il ressemble. Il faudrait que je ralentisse. Mais j'ai pas besoin de le faire. Le type se met à me coller et son pare-chocs vient heurter le cul de ma Peugeot. Putain. J'enfonce la pédale et je me mets à rouler comme un dingue dans les rues de la résidence. Je tourne au hasard. C'est un vrai putain de labyrinthe. Je regarde à nouveau dans le rétro et cette fois je suis sûr. Il a enlevé ses lunettes, sa casquette et je reconnais sa gueule de pitbull. Un grand sourire d'ordure accroché aux lèvres. Je prends deux virages en épingle et je le perds de vue pendant quelques secondes. Je fonce et je ne sais pas où aller. Je ne veux pas le mener à la maison. Le mieux, c'est de sortir de la résidence, de regagner le bord de mer. Je vire encore une fois et ça descend vers la plage. Je me prends les dos d'âne à pleine vitesse. À chaque fois j'ai l'impression que la bagnole va s'envoler ou se briser en deux. J'entends le pot d'échappement racler contre l'asphalte, la carrosserie hurler de partout, le moteur grincer comme un putain d'asthmatique. Dans le rétroviseur, pas de trace de l'autre con. Il doit se perdre comme un débile dans les allées du lotissement. Le seul truc qui me rassure, c'est qu'il n'a pas l'adresse de la maison. Sans quoi il m'aurait pas suivi. Et personne ici ne pourra la lui donner. Le nom figurant sur l'annuaire, le seul que les voisins connaissent, c'est celui des propriétaires historiques, mes grands-parents, et c'est du côté de ma mère. À moins de connaître son nom de jeune fille, pas moyen de faire le lien. C'est ce que je me dis pour tenter de me rassurer.

J'arrive à la barrière, dans ce sens elle se lève toute seule, dans ce genre d'endroit on te laisse pas entrer mais au cas où t'aurais réussi quand même, on est bien content que tu repartes. Je fonce vers le petit centre commercial. J'hésite. À gauche les calanques et la route en lacet, les roches rouges qui tombent à l'équerre dans la mer, comme ça pendant vingt kilomètres jusqu'aux abords de Cannes. À droite la station, la pointe du Dramont, les plages du débarquement, et la route côtière jusqu'à Saint-Raphaël. J'opte pour la gauche. Depuis tout petit, quand j'hésite entre la droite et la gauche, je choisis la gauche. C'est un genre de tradition dans la famille. Un truc purement politique. Qui n'a aucun rapport avec la situation. Mais c'est comme ça. Je prends toujours à gauche, par principe, me serine mon père depuis que je suis tout petit (même si avec le temps je me demande vraiment en quoi il l'est, lui, de gauche, avec ses discours sans fin sur les Arabes et les Noirs, les assistés, les grévistes qui nous prennent en otage, notre pays de fainéants, les jeunes qu'il faudrait envoyer à l'armée pour leur apprendre la discipline et le respect, les valeurs qui se perdent et tout qui fout le camp…).

La route s'élève doucement, elle tourne dans tous les sens, longe des villas, des criques minuscules munies de plages caillouteuses, puis débouche sur un croissant de sable que dominent un immense aqueduc et le pont où filent les TGV. Après c'est juste un ruban de bitume étroit sinuant à flanc de falaise. Parfois on longe des ravins vertigineux, qui s'écroulent dans la mer allumée. À gauche s'élèvent les plus hauts sommets du massif. J'ai pas assez l'habitude de conduire pour ne pas ralentir. La route est trop serrée. Ça tourne trop tout le temps. De toute façon je ne repère personne à mes trousses. Je ne sais pas quoi faire pour autant. Combien de temps je vais rouler comme ça ? Si ça se trouve il m'attend près de la barrière. Il faudra bien que je rentre à un moment ou à un autre et il le sait. Ou bien il écume toutes les petites villas, frappe aux portes les unes derrière les autres, se renseigne, passe le hameau au peigne fin.

J'arrive près de la grande calanque. Je ralentis et m'engage sur le parking. L'orage d'hier a laissé des traces. Le bitume est constellé de flaques d'eau boueuse. Je m'arrête après le dernier bosquet d'arbres. De la route je suis invisible. Mon père se garait toujours là quand on venait et que j'étais gosse. Il disait que ça évitait d'attirer les voleurs. Je ne sais pas pourquoi mais il voit des voleurs partout, tout le temps. Pourtant on ne s'est jamais fait cambrioler. Jamais on ne nous a tiré notre caisse ou quoi que ce soit.

Pas même un vélo. Jamais il ne s'est fait braquer ni même menacer. Mais c'est comme ça. C'est un genre d'obsession chez lui. Il vérifie à chaque fois que toutes les portes sont fermées à double tour, même quand on est à l'intérieur de la maison. Avant de partir en vacances il barricade la baraque. Il a même fait installer une alarme. Et une autre dans sa bagnole, qui pourtant ne vaut plus un clou.

Il faut que je me calme. Que je réfléchisse. Je fouille dans la boîte à gants et je trouve un joint, et une petite flasque à demi remplie. Sûrement du whisky. J'avale une grande gorgée qui me crame la trachée, les bronches, l'estomac. Il a beau être barman dans un hôtel cinq étoiles, pour sa consommation personnelle Yann fait dans le bas de gamme, il faut croire. On dirait de l'alcool pur bourré d'arômes industriels. J'allume mon pétard. C'est déjà mieux. Je jette un œil aux alentours. Personne en vue. Je sors de la voiture. Je prends le petit sentier au milieu des arbustes. Un escalier descend à pic vers la plage trente mètres plus bas. Au bout du chemin ce ne sont plus que des roches piquées de cactus et de plantes sauvages. Un chêne-liège et trois mimosas poussent là-dedans sans qu'on sache comment c'est seulement possible. Au-delà c'est juste la falaise à la verticale de l'eau qui s'abat en lentes ondulations. Régulièrement, l'été, des types plongent de là, des dingues du grand saut. Il y en a un qui s'est fracassé le crâne une année. Je devais avoir huit ans. Pour une fois on était venus en juillet. Les plages étaient bondées, l'eau infestée de méduses à certains endroits et mes parents trouvaient qu'il faisait trop chaud. Ça me semblait bizarre de se plaindre de la chaleur en été. Comme du froid en hiver. Ben ouais.

C'est l'été, mon gars. Il fait chaud. *What a scoop*. Ben ouais, grosse surprise, on se les caille en janvier. N'empêche, on est plus jamais revenus pour les grandes vacances.

Je décroche mon téléphone et j'appelle Leila. Je lui dis de fermer tous les volets. Il faut que la maison ait l'air inhabitée.

— Pourquoi ?

— Ton mec. Il est dans les parages. Il nous cherche. Il m'a suivi mais je l'ai semé.

— Et il est où maintenant ?

— J'en sais rien. Mais fais ce que je te dis. Fermez tout et restez dans la maison.

— Et toi, qu'est-ce que tu vas faire ?

— J'en sais rien. Je réfléchis. Mais si vous avez une idée lumineuse, toi ou Lise, hésitez pas, surtout.

Au moment même où je prononce ces mots je sens une présence dans mon dos. Et soudain je me retrouve à terre. J'ai de la terre plein la bouche. J'ai du sang dans les yeux. Mon front a heurté un gros caillou. Putain, je me dis. C'est reparti pour un tour. Mes doigts agrippent la pierre. Je la garde dans la main. Je tente de me relever mais je me prends un grand coup dans le dos qui me coupe le souffle. J'essaie de ramper. Au milieu du sang j'aperçois le sol rocheux, les derniers mètres avant le grand vide. Je sens qu'on m'attrape les pieds. Je me débats de toutes mes forces. À un moment je sens ma godasse heurter quelque chose. Je sais pas si c'est sa poitrine, son cou, son visage. Mais un bref instant ses mains relâchent la pression. Je balance des coups de pied au hasard et ça y est il me lâche. Je rampe encore et je parviens à me lever. Je suis plus qu'à deux ou trois mètres du vide.

Je me retourne et il me regarde en se marrant. Lui aussi il saigne. Visiblement je lui ai filé un coup de pompe sur l'arcade et elle a explosé. Sûrement qu'elle a déjà dû en voir, avec la boxe et toutes les bastons auxquelles il a dû se livrer. Sûrement qu'il suffit de l'effleurer pour que ça pisse le sang. Il s'avance vers moi et me saisit le poignet.

— Allez, ça suffit. Tu viens avec moi. Tu m'emmènes dans la jolie petite maison de vacances de papy et mamie, je récupère Leila et mon gosse et on en parle plus. Je te péterai quand même une bonne fois la gueule avant de partir histoire de te mettre du plomb dans la cervelle et que tu t'amuses plus jamais à leur tourner autour. Mais tu vois, je suis grand seigneur : je vais te laisser la vie sauve.

J'ai toujours la pierre dans la main gauche. Je réfléchis pas, je l'abats sur son crâne et il hurle. Je fais un grand geste du bras droit pour qu'il me lâche le poignet et j'y vais tellement fort que je le vois valdinguer jusqu'au bord de la falaise. Alors je calcule pas et je le charge, bras plié, coude et épaule en avant, j'y mets toute ma force. Dans ses yeux, ce que je vois au moment où il bascule dans le vide, c'est de la stupeur et de l'effroi. Il disparaît et j'entends des chocs sourds et puis enfin le bruit d'une masse qui plonge dans l'eau. Je jette un œil et bientôt le corps remonte à la surface, les bras en croix, le visage dans la flotte, le cul vers le ciel. Autour de sa tête se forme une petite mare de sang. Une flaque rouge au milieu du turquoise. Je reste un moment à regarder ça et je crois que je comprends pas ce que ça veut dire. Que je réalise pas que c'est réel. Que c'est vraiment arrivé. Et là ça se produit sans prévenir, je gerbe tout ce que je peux. Quand c'est fini je me sens tellement faible que je tiens à peine debout. Je m'accroche à tout ce que je peux trouver. Un arbuste. Des ronces. Un rocher. Je jette un dernier coup d'œil à la flotte où dérive un cadavre et un truc acide qui me crame tout de l'intérieur me remonte dans la bouche. J'ai des larmes plein les yeux, je tremble, je hoquette comme un gosse. Je suis en panique totale. Mais je retourne à la voiture. Et putain, maintenant, il y a deux bagnoles sur le parking. La sienne. Et une Audi. Qu'est-ce qu'elle fout là ? Je m'approche. Personne à l'intérieur. Personne en vue non plus. Ni sur les sentiers, ni sur les roches, ni sur la plage de la calanque tout en bas. Je tente de réfléchir mais j'ai pas l'esprit clair. J'ai le cerveau concassé, les tripes en charpie. Tout ce que j'arrive à penser, c'est que si je vois personne, c'est que personne m'a vu. Le conducteur a dû partir se balader par le chemin qui grimpe vers le massif, de l'autre côté de la route. Je me dirige vers la voiture de l'autre pitbull, un pitbull mort maintenant, qui flotte dans son sang dilué dans l'eau de la Méditerranée. Rien que d'y songer j'ai les poumons qui se rétrécissent et se remplissent de morceaux de verre. Mon cœur tape comme un sourd dans ma poitrine. Allez Antoine, je me dis. Calme-toi. Réfléchis. Si on trouve sa bagnole ici, ce sera pas difficile de l'identifier. Et de remonter jusqu'à Leila. Et donc jusqu'à toi. Et tu pourras toujours dire que c'était de la légitime défense, aucun témoin ne pourra le confirmer. T'es bon pour la taule, mon pote. Il est mort, le mec. Tu l'as tué. TU L'AS TUÉ. T'aurais pu t'enfuir après l'avoir frappé avec la pierre. Le laisser là. Ou te contenter de lui balancer des coups de pied dans la gueule, dans le bide, dans les couilles avant de te barrer. Mais c'est pas ce que t'as fait. Non. Tu l'as chargé alors qu'il était dans les vapes. Et son corps a basculé dans le grand vide. Et maintenant il est mort de chez mort. Il est mort, putain. T'es un meurtrier. Un assassin. Alors bien sûr que tu vas aller en tôle. Des années et des années. Ça fait pas un pli. Allez Antoine. Allez. Arrête de psychoter maintenant. Faut agir.

OK. Agir. Je sais pas pourquoi mais la présence de sa caisse sur le parking m'obsède. Je peux pas m'empêcher de penser que c'est par elle qu'on peut remonter jusqu'à moi. Je regarde si je peux accéder au réservoir. Si c'est un modèle qu'on ouvre avec une clé ou pas. Coup de bol, c'est une vieille bagnole. Suffit de tourner et on accède au trou qui mène à l'essence. Aussitôt, l'odeur de pétrole me monte au nez. Je lâche un grand jet de vomi. Je pensais pas qu'il m'en restait encore. Il y en a plein les vitres. Vraiment dégueulasse. Je regarde le sol autour de moi et c'est pas les papiers qui manquent. Les gens sont tellement crades. Je les ramasse et j'en fais un genre de paquet que j'enfonce dans le trou du réservoir. Mes mains tremblent, je contrôle plus mes gestes. Je contrôle plus rien. Je sors mon briquet et je m'y reprends à plusieurs fois, je sais pas combien, des centaines. Je finis par allumer la mèche. Putain, c'est n'importe quoi. Je sais que c'est n'importe quoi. Le type est mort et je veux foutre le feu à sa bagnole. Je sais même pas à quoi ça mène, ce que ça change. N'empêche que je vois le papier s'embraser et que je cours me planquer. J'attends un moment. Et l'explosion se produit. Un formidable souffle de chaleur vient me lécher le visage. Je cours jusqu'à ma caisse, enfin celle de Yann, et je démarre. Je sors du parking sans un regard pour la carcasse en flammes et je roule, je roule, j'ai le soleil dans la gueule et des larmes plein les yeux, je vois quasiment rien et je roule, je chiale comme un débile, je crie, je hurle et je roule, je tape sur le volant jusqu'à me détruire la main et je roule, c'est même pas moi qui conduis, c'est quelqu'un à l'intérieur de moi, je roule je roule, la bagnole épouse les virages, on dirait qu'elle connaît le chemin, qu'elle sait où je vais et je roule, du sang dans les cheveux et de la sueur sur le front, de la morve plein la bouche je roule, je quitte la route des calanques, je vire au centre commercial, à la barrière je fais le code comme un automate je roule, au milieu des villas des piscines des bosquets d'oliviers des chênes-lièges des cactus géants des mimosas je roule, à un moment sûrement que j'hallucine je vois une biche qui me fixe de ses grands yeux sur le bord de la route je roule, et enfin j'arrive à la maison. Je descends les escaliers je frappe à la porte je hurle ouvrez c'est moi, ouvrez c'est moi, putain ouvrez c'est moi vous pouvez ouvrir c'est bon c'est moi. C'est juste moi. Ce n'est que moi. Rien que moi.

III

mauvais karma

Il y avait quelqu'un sur le parking de la calanque ce jour-là. Il a tout vu. Il m'a vu charger Alex et l'envoyer à la mer. L'envoyer à la mort. Il m'a vu mettre le feu à sa voiture. Et repartir au volant de celle de Yann. Il a appelé les flics. Il avait noté le numéro de la plaque. Ils ont retrouvé la bagnole là où je l'avais laissée. Sur le parking de l'hôtel. Après quoi j'avais rejoint Leila dans la Clio. Lise était dans sa Peugeot. On s'est suivis pendant tout le trajet.

Ça s'est décidé comme ça. On a pas vraiment réfléchi. C'était juste de l'instinct. Il fallait qu'on quitte la maison. Il ne fallait pas qu'on reste dans les parages. Après tout personne ne nous connaissait, ici. Pour les voisins nous étions juste des occupants de passage, comme il en défilait tout au long de l'année depuis des décennies. Personne ne faisait attention à nous. Personne ne savait qui nous étions. Personne ne connaissait Leila. Personne ne savait qu'elle était là, à part Lise et moi. À part mes parents. À part le porc qui l'avait reçu pour le job de femme de ménage. Cette crevure avait son nom sur son CV. Son mail. Et le numéro de téléphone de la maison juste en dessous. Mais je me disais qu'il y avait peu de chances qu'ils mènent une enquête suffisamment minutieuse pour tomber sur cet indice, le seul de sa présence à Agay ce dernier mois. Et puis même, qu'est-ce que ça prouverait, je me répétais. S'ils mettaient la main sur elle, qu'est-ce qui leur prouverait que c'était elle qui avait poussé dans le vide le type dont ils avaient repêché le corps ? Et même s'ils remontaient jusqu'à elle, qu'est-ce qui aurait pu les faire remonter jusqu'à moi ? Qui savait qu'on était ensemble ? À part Lise. À part mes parents. Et puis moi non plus je n'avais pas laissé beaucoup de traces de ma présence ici. Je n'étais resté que trois jours à l'hôtel. OK ils avaient mon nom. Mais à moins que quelqu'un ne m'ait vu sur le parking des calanques, à moins que quelqu'un n'ait noté le numéro d'immatriculation de la caisse de Yann, il faudrait là encore mener une enquête spectaculairement intelligente pour faire le lien. Et je ne sais pas, je me suis toujours dit que les flics étaient un peu cons. Bon. Ils n'ont pas eu besoin de beaucoup faire fonctionner leur cerveau au final. Ils ont arrêté Yann, qui a nié. Évidemment, au moment de l'identification, le mec ne l'a pas reconnu. Et Yann a donné mon nom, mon signalement, il a parlé d'une fille mariée avec un gosse avec qui soi-disant j'étais maqué. Leila, je crois qu'elle s'appelle, il a dû dire. Et bingo. Ça tombait bien, Leila, c'était le prénom de la meuf du type qu'ils avaient repêché les poumons gonflés d'eau et le crâne fendu. Ils ont vérifié les téléphones de tous les types qui portaient mon nom. Et bim, comme par hasard, ça faisait un mois que je bornais comme un malade dans le coin. Et rebim, re comme par hasard, plus rien, depuis le jour de la mort d'Alex. Pourquoi ? vous me demanderez. Eh bien parce que j'avais pris soin de détruire mon téléphone. J'avais fait ça par réflexe, sans réfléchir. J'étais encore sous le choc. Ça ne rimait à rien, pas plus que de foutre le feu à la bagnole d'Alex, mais il fallait bien que je fasse quelque chose, que j'efface mes traces comme j'avais pris soin de le faire dans la caisse de Yann au cas où. J'avais tout passé au chiffon. Ça aussi c'était complètement con. À quoi ça aurait bien pu servir. Si quelqu'un avait vu la bagnole ce jour-là, ils remontaient jusqu'à Yann. Et s'ils remontaient jusqu'à Yann ils remontaient jusqu'à moi. Mais tout ça, j'y ai pas pensé sur le coup. Pas plus que j'avais pensé à quoi que ce soit après voir envoyé Alex au paradis des mérous. J'avais juste agi. Le cerveau corrodé par la panique, bouffé par la peur. Réduit à une boule molle de bouillie.

Quand je suis rentré à la maison ce jour-là, que j'ai retrouvé Lise, Leila et Gabi, mes pensées étaient complètement en vrac. Pour vous dire, le truc qui m'inquiétait le plus, c'était les traces qu'avait pu laisser Leila de sa présence dans le coin. L'autre porc et son nom et le téléphone de la maison sur le CV qu'elle lui avait laissé. C'est ça qui me paraissait le plus dangereux. Mais je me faisais des films. Le trajet qui menait jusqu'à moi était beaucoup plus direct. Un témoin et j'étais cuit. Une Audi sur le parking et j'étais foutu.

On a quitté la maison au petit matin. À part Gabi on avait tous passé une nuit blanche. À tenter de raisonner. À penser en boucle. À tout imaginer. Me rendre au commissariat et avouer. Rester ici l'air de rien. Rentrer en banlieue, chacun chez soi et reprendre le cours de nos vies comme si de rien n'était. Ou presque. Parce que pour Leila, bien sûr, ça aurait été rentrer chez elle mais avec un mari disparu. Puis un mari mort s'ils l'identifiaient (et bien sûr qu'ils l'ont identifié en moins de deux, qu'est-ce que je croyais ? C'était pas difficile il avait ses papiers dans les poches...). Évidemment, ce qui nous venait le plus à l'esprit, c'était de prendre la fuite. Et c'est ce qu'on a décidé de faire. Tous ensemble. Parce que Lise ne voulait pas nous laisser dans cette merde tout seuls, nous abandonner. Je n'en suis toujours pas revenu d'ailleurs. Pourquoi elle a fait ça ? Pourquoi elle a voulu être mêlée à ça. Nous accompagner. Ne pas rester tranquille dans la maison pendant que se poursuivait notre cavale. Ne pas rentrer chez elle, loin de nos emmerdes, loin de ce cauchemar. Je crois qu'elle se disait que je finirais par me faire gauler et que ce jour-là il faudrait bien que quelqu'un veille sur Leila et Gabi. Et ce quelqu'un, elle avait décidé que ce serait elle. Pour des raisons qui m'échapperont sûrement toujours.

En ce qui concerne la destination, c'est Lise qui a eu l'idée. C'était la seule possible au fond. Quitter la France. Passer la frontière la plus proche. Et se planquer, au moins quelques jours, le temps de souffler, de reprendre nos esprits, chez quelqu'un qui avait disparu de la circulation elle aussi. Et depuis longtemps. Elle s'est tournée vers Leila et lui a dit : on va chez ta sœur. Leila a hoché la tête et c'était parti. On a rangé la maison, fait nos bagages. J'ai nettoyé la bagnole de Yann de fond en comble. Il faisait encore nuit quand je l'ai laissée devant l'hôtel. Et on a pris la route. Ça nous a demandé moins d'une heure et demie pour passer en Italie. À la frontière il y avait des tas de flics mais c'était pas nous qui les intéressions. Ils en avaient qu'après les camions. Ils traquaient les migrants qui essayaient de passer en France, planqués au milieu des cargaisons. On est arrivés à Gênes deux heures plus tard. On s'est garés près du port. On ne savait pas où aller, bien sûr. Gabi s'extasiait devant les bateaux. Il se marrait en entendant les gens parler. Ils parlent pas comme nous, il répétait.

Comment j'ai su que j'étais cuit ? C'est simple. Le lendemain de la mort d'Alex les flics se sont pointés chez mes parents. Ils me cherchaient. Ils les ont cuisinés. Avaient-ils une idée d'où je pouvais bien être ? Après leur départ, ma mère a appelé Lise, en panique. C'était quoi ces histoires ? Qu'est-ce que j'avais encore fait ? Elle s'imaginait tout et n'importe quoi. Les flics n'avaient rien voulu lui dire. Mais tout ce qu'elle pouvait s'imaginer était encore loin de la vérité. En attendant, elle leur avait donné l'adresse de la maison, et, qu'aurait-elle pu faire d'autre, leur avait confirmé que j'y avais séjourné, qu'à sa connaissance j'y étais encore. Après que Lise eut raccroché, on est entrés dans un café et on a demandé les codes d'accès du wifi. Lise a sorti son ordinateur et on a écumé les sites pour voir s'ils parlaient d'Alex quelque part. Et ça n'a pas loupé. Ça faisait les gros titres de *Var-Matin*. Un homme retrouvé mort dans une calanque. On avait retrouvé ses papiers sur lui. On l'avait identifié. Un certain Alexandre Sanchez. Trente-trois ans. Marié. Un enfant. Vigile à Carré Sénart, en banlieue parisienne. Sur le parking une voiture qu'on soupçonnait être la sienne avait été retrouvée calcinée. Un témoin s'était présenté à la police. Il était en train d'être entendu, à l'heure où le journaliste rédigeait l'article. Pas besoin d'être une flèche pour comprendre qu'entre-temps le type avait donné mon signalement, filé aux flics le numéro d'immatriculation de ma bagnole, et qu'ils avaient mis la main sur Yann. Quand j'y pense. La frayeur qu'il a dû se payer. Les flics qui se pointent à l'hôtel, qui l'embarquent, le tiennent pour coupable, le bombardent de questions. Il y était peut-être encore. Il avait peut-être filé mon nom, mon numéro de téléphone, la police était vite remontée jusqu'à mes parents mais pour autant rien ne l'innocentait pour le moment, ils devaient le maintenir en garde à vue, continuer les interrogatoires. Il ne serait relâché qu'après l'identification par le témoin. Mais ça je ne le saurais que bien plus tard.

En attendant on flippait comme des malades, dans ce café de Gênes. On n'avait pas vraiment le cœur à profiter du paysage, de l'ambiance. À part Gabi qui se régalait avec leur genre de petits croissants croustillants fourrés au chocolat ou à la vanille. Il s'en foutait partout et répétait à tout bout de champ « c'est bon, l'Italie, c'est bon l'Italie », pendant que Leila consultait ses messageries. Durant la nuit, juste avant notre départ, elle avait écrit à Paolo Immobile pour lui demander son adresse exacte, elle avait dit comme ça on envisage une petite virée en Italie dans les jours qui viennent, si on passe par Gênes je viendrai vous faire coucou. Mais ni Jen ni Immobile n'avaient répondu. On a recherché leur adresse dans les pages blanches locales. Il y avait deux Immobile recensés. Le premier se prénommait Paola mais bon, ça pouvait être une erreur, une faute de frappe, on ne savait jamais. Le second on ne savait pas, il y avait juste l'initiale mais coup de pot, c'était P. On a noté les adresses et on s'est mis en route.

Finalement Paola s'appelait vraiment Paola. Elle avait bien soixante-dix ans. De son appartement on voyait la mer. Le salon était rempli de bibelots, une sacrée collection d'animaux en verre translucide de toutes les couleurs. Ça m'a surpris la façon dont elle nous a reçus. Sans aucune méfiance. Elle a tenu à nous faire entrer et à nous servir une petite liqueur pour les adultes et un jus d'orange pour Gabi. Elle parlait dans un mélange bizarre d'italien et de français. On ne comprenait pas tout mais ce qui est sûr, c'est que ça lui faisait plaisir d'avoir de la visite, même par erreur, même de complets inconnus. La solitude des gens parfois, surtout des vieux, c'est effrayant. Toujours est-il qu'elle nous a parlé de son fils qui vivait dans la même ville qu'elle et ne venait jamais la voir. Mais bien sûr il ne s'appelait pas Paolo. Ça aurait été trop beau. Et un peu con en même temps. Qui appelle son fils Paolo quand on se nomme Paola ? De toute façon il ne s'appelait même pas Immobile. Il portait le nom de son père. Après le divorce, Paola avait repris son nom de jeune fille. C'était marrant, il y avait des tas de mots simples en français qu'elle écorchait, ou qu'elle avait oubliés, mais ça, cette expression, « nom de jeune fille », elle s'en souvenait. Ça a eu l'air de lui faire plaisir. On ne saurait jamais pourquoi. On ne saurait rien de plus d'ailleurs, puisqu'il a bien fallu mettre les voiles et la remercier. Elle nous a souhaité bonne chance. Juste avant de partir, Leila a profité du wifi pour consulter à nouveau son ordinateur mais il n'y avait toujours rien. Elle a laissé un nouveau message : *en fait je suis à Gênes avec mon fils. J'aimerais passer voir Jen.* Et puis nous sommes partis à la recherche de P.

P. s'appelait Pietro et n'était pas du genre commode. Il habitait au nord de la ville, dans un immeuble au milieu d'autres immeubles, aux balcons constellés d'antennes satellites, encombrés de linge et d'objets divers. Le quartier craignait vraiment. Pourtant j'en connaissais des cités, surtout celle de ma ville près de la forêt, où vivaient une partie de mes potes à l'époque du collège, et que je continuais à fréquenter après les avoir perdus de vue parce que Le Fennec y faisait ses petits trafics et que c'est chez lui que je m'alimentais en shit. Mais là c'était autre chose. Peut-être justement parce que c'était pas chez moi. Que je connaissais personne. Les mecs en bas de l'immeuble nous regardaient d'un air méfiant. Ils foutaient vraiment les jetons. Même Gabi l'a senti, qui s'est mis à me serrer la main et à me demander si ici aussi on était en Italie. Dans le hall on a repéré le numéro d'appartement et l'étage de P. Immobile et on est montés par les escaliers vu qu'ici comme dans toutes les cités du monde les ascenseurs étaient HS. Là aussi on a croisé des tas de types qui ne se sont pas gênés pour siffler Leila et ma sœur et nous fixer de leurs regards menaçants. On a frappé à la porte 612 et là un gros type en marcel taché nous a ouvert. Il était couvert de poils. Ça sortait de partout. De son torse, de ses aisselles, de son nez, de ses oreilles. Ça couvrait ses épaules, ses joues, ses bras, ses mains. Un putain de gorille, le mec. Mais quasi chauve. Avec des yeux féroces et un cigarillo à la bouche, qu'il mâchonnait tellement qu'un filet de bave marronnasse lui courait sur le menton. On a vite compris que c'était pas notre homme. D'autant que sa femme, une matrone de cent vingt kilos lui a hurlé du fin fond de l'appart : *Pietro, chi è ? Ma chi è che rompe a quest'ora ?* On avait beau ne rien comprendre à ce qu'elle criait, on a bien saisi le message. On dérangeait. Leila ne s'est pas démontée. Elle l'a désigné et a répété : Paolo ? Paolo Immobile ? Le mec a secoué la tête. Il s'est frappé la poitrine et a répété Pietro. *Mi chiamo Pietro. Cosa vuoi da me ?*

— Nous cherchons Paolo Immobile. Ici. À Gênes. *Genoa.*

— *No conosco. Andatevene da casa mia !*

Et il a claqué la porte.

On est repartis sans demander notre reste. On a dévalé les escaliers. Une fois arrivés en bas on a marché vers le parking. Les mecs nous suivaient du regard en se marrant à moitié et en gueulant des trucs à l'attention des filles. Pas besoin d'être bilingue pour comprendre qu'on leur proposait diverses activités sexuelles, dans un genre plus hardcore que romantique. On a mis un petit bout de temps à réaliser. La Clio avait disparu. On avait laissé la caisse de Lise au port. Elle ne voyait pas l'intérêt de mener nos recherches à deux bagnoles. Heureusement. N'empêche qu'on était bien cons sur ce parking, avec les mecs qui nous mataient en se tapant des barres, nous narguaient peinards, nous faisaient bien comprendre qu'ils savaient très bien où était notre bagnole et qu'il faudrait pas compter sur eux pour nous le dire.

Qu'on avait surtout intérêt à vite nous barrer si on ne voulait pas plus d'ennuis encore. J'ai pensé à tout ce qu'on avait laissé dans la caisse. Tout ce qui s'était envolé. Nos vêtements. Les affaires du petit. Par miracle, Leila et Lise avaient pris leur sac à main avec elles. Par miracle aussi, Lise avait toutes ses affaires dans son propre coffre. Ordinateur compris. Leila a fouillé dans son sac pour vérifier qu'elle avait bien tout. Je ne sais pas ce qu'elle cherchait comme ça. Elle a fini par sortir son carnet japonais et je ne sais pas, elle a eu l'air soulagée en le trouvant là, bien au chaud au milieu du reste.

On a marché au moins une heure avant de trouver une rue où passaient des taxis, des bus en direction du port ou du centre-ville. J'avais le dos en compote à force de porter Gabi sur mes épaules. Une fois endormi, sa tête ballottant, il pesait trois tonnes. On prenait des rues à l'instinct, on ne savait pas où on était vraiment, régulièrement Lise consultait son téléphone mais très vite on lui a indiqué que son forfait avait explosé. Fini le GPS et Google Maps. Restait à se fier au hasard, à la chance, aux panneaux et à notre maigre sens de l'orientation. Quand enfin on a débouché sur cette rue passante et bordée de magasins on a entrevu l'éclaircie. On était tous tellement crevés, démotivés, perdus, on manquait tellement de sommeil et de perspectives, Lise a décrété qu'on prenait le taxi. On s'est engouffrés dans l'habitacle. Le chauffeur écoutait la radio à fond. On lui a demandé de nous ramener sur le port et c'est quand il a fait demi-tour qu'on a compris que tout ce temps au lieu de s'en rapprocher on n'avait cessé de s'en éloigner.

Gabi s'est réveillé au moment même où le taxi ralentissait pour nous déposer devant le café où nous nous étions réfugiés quelques heures plus tôt en arrivant à Gênes. Il était de mauvais poil. Répétait qu'il voulait rentrer à la « maison rose ». Celle d'Agay. La maison de mes grands-parents. J'ai mis un peu de temps à comprendre. Pourtant c'était clair. La maison rose, avec ses tuiles et son crépi de la couleur en question. Tout simplement. Leila a essayé de lui expliquer que c'était pas possible.

— On pourra jamais y retourner ? il a demandé.

— Sans doute pas, elle lui a répondu.

Et ça n'a pas manqué, il a piqué sa crise.

C'est Lise qui a réussi à le calmer. En arrivant le matin même elle avait repéré un magasin de jouet. Elle nous a tendu les clés de sa voiture, nous a dit de prendre l'ordi pour voir si Paolo avait répondu, de nous installer au café pendant qu'elle emmenait le gosse se choisir une figurine, une boîte de Lego ou autre chose. Et soudain je me suis rappelé qu'elle avait été mère jusqu'à ce que je foute tout en l'air. Qu'avec Enzo elle n'y allait pas par quatre chemins pour le calmer. C'était sa politique. Lui faire plaisir quand il chouinait. Passer des plombes à tenter de le raisonner, à endurer ses pleurs, c'était pas son truc. De toute façon ça lui fendait trop le cœur. Elle n'avait qu'un objectif dans ces cas-là : qu'il arrête de pleurer, qu'il retrouve le sourire. Et tant pis si les pédiatres et les spécialistes de l'éducation enfantine n'étaient pas d'accord avec elle. S'il se réveillait dans la nuit, elle le prenait dans son lit. Si bébé semblait avoir faim alors que c'était pas l'heure, elle lui collait un biberon dans la bouche. S'il pleurnichait qu'il voulait plus marcher ni rester dans sa poussette, elle le prenait dans ses bras. S'il était chafouin, elle lui payait un jouet. Elle cédait à tous ses caprices, disait ma mère. Lise haussait les épaules et lui désignait Enzo :

— Et alors ? T'as quelque chose à lui reprocher ? Tu le trouves mal élevé ? Il est mignon 99 % du temps, non ? Alors tu vois. Ça marche. C'est tout ce qui compte.

Lise s'est éloignée en tenant la main du petit. Déjà, il avait retrouvé le sourire. Lui demandait si elle croyait qu'il y aurait des Pyjamasques ou des Lego *Toy Story* ou *Cars*. Sûrement, a répondu ma sœur.

Avec Leila on a récupéré l'ordi dans la caisse et on s'est installés au café. Elle s'est branchée sur sa messagerie. Toujours pas de réponse. Pourtant une icône indiquait que le message avait été lu, et que Paolo était en ligne vingt minutes plus tôt. Elle s'est connectée à son profil, a retrouvé la photo où on le voyait avec Jen sur une place qu'on supposait italienne. Elle l'a montrée au serveur et ce dernier a hoché la tête. Oui, c'était bien ici. À quinze minutes à pied. C'était un peu maigre, comme plan. Aller là-bas et espérer qu'ils se pointent, l'un ou l'autre, l'un et l'autre, mais on n'en avait pas de plus convaincant. Lise m'a laissé l'ordi et je suis allé à la pêche aux infos sur les sites français. Certains articles sur la mort d'Alex avaient été mis à jour. C'est comme ça que j'ai appris ce que je savais déjà, vu que la police s'était pointée chez les parents et que ça ne pouvait vouloir dire qu'une chose : qu'ils avaient identifié la voiture et étaient remontés jusqu'à Yann, qui avait donné mon nom. Bien sûr, comme je l'avais imaginé, Yann venait d'être innocenté par le témoin. Désormais les recherches se concentraient sur le nom qu'il avait donné, un de ses collègues de l'hôtel qui lui avait emprunté sa voiture ce jour-là. Au passage certains sites s'excitaient sur l'hôtel en question. Une actrice qui se suicide en se jetant pas la fenêtre de sa chambre. Un employé peut-être mêlé à un meurtre. Ça faisait beaucoup en si peu de jours. La seule nouvelle info, et elle était de taille, c'était que la femme d'Alex semblait s'être évaporée depuis plusieurs semaines, ainsi que son gosse. Sur les réseaux sociaux, dans les sections « commentaires », des gens qui ne savaient rien sur rien rivalisaient d'élucubrations. Alex était un genre de Dupont de Ligonnès bis et il avait tué sa femme et son gosse avant de se jeter d'une falaise. Sa femme l'avait fui et il avait fini par la retrouver mais elle l'avait tué. Sa femme et son gosse avaient été kidnappés, Alex les avaient retrouvés mais c'était parti en vrille et les ravisseurs l'avaient liquidé. Sa femme était partie avec son amant, Alex les avaient retrouvés et ça avait mal tourné. Bon. OK. Certaines versions étaient très proches de la vérité. On ne pouvait pas dire. Parfois les gens voyaient juste dans leurs délires. J'ai continué à surfer sur le net à la recherche d'informations. J'ai fini par échouer sur le site de BFMTV. Une mise à jour venait de tomber. Deux avis de recherche avec photos et noms à l'appui. Leila apparaissait sur une image un peu floue, surpixelisée. J'ai reconnu la photo qu'elle avait utilisée pour faire son CV. Quant à moi, c'était un cliché pris par mon père quelques semaines plus tôt, sur la terrasse de la maison. Je fermais à moitié les yeux à cause du soleil.

L'enseigne lumineuse de l'hôtel nimbe la chambre d'une lumière rouge. Nous avons pris deux chambres. Antoine dort. Ça me fait bizarre de ne pas avoir Gabi près de moi. Dans la maison rose, comme il l'appelle, il dormait dans la petite chambre collée au salon, seulement séparée du reste de la pièce à vivre par un rideau. Je pouvais entendre sa respiration depuis notre lit. Quand nous sommes arrivés ici, qu'il a découvert les deux pièces communicantes, il a demandé où il allait dormir, lui. J'ai répondu avec Antoine et moi, entre nous, dans ce lit. Il a regardé Lise et il a dit mais elle va dormir toute seule, Lise, alors. C'est pas juste.

— Ben oui, comme à la maison rose, j'ai répondu.

— Oui mais là-bas c'était pas pareil, j'avais mon lit à moi.

Je n'ai rien trouvé à répondre. Je n'avais jamais remarqué jusqu'ici que Gabi pouvait faire le raisonneur. Je me suis dit que ça promettait pour la suite. Et puis je me suis reprise : quelle suite ? Qui pouvait dire de quoi l'avenir serait fait ? On était dans cet hôtel, sur la place où j'avais vu Jen et son mec sur une photo. Paolo Immobile se connectait régulièrement à sa messagerie mais ignorait tous mes messages, même les derniers, ceux où je le suppliais, lui avouais que j'avais besoin d'aide, d'être hébergée, que j'avais des problèmes. Des photos d'Antoine et moi circulaient en France, sur des avis de recherche dans une affaire de meurtre dont la victime était mon mari. Quel avenir, hein ? Toujours est-il qu'à l'arrivée, Gabi dort avec Lise. Je crois qu'il n'y a pas qu'à lui que ça fait plaisir. Lise avait l'air enchantée de le prendre avec elle. Antoine n'en revenait pas. Qu'elle soit encore là avec nous. Qu'elle ne se soit pas barrée depuis longtemps. Après tout, rien de tout cela ne la concernait. Et il y a quelques jours encore elle n'en avait plus rien à foutre de son frère. Il pouvait moisir en tôle. Se mettre dans la merde jusqu'au cou.

Antoine dort à poings fermés. J'ai l'impression de toujours écrire la même chose dans ce carnet. Ils dorment et je suis réveillée. Antoine pionce et je veille. J'essaie d'y voir clair. De dresser le bilan. Antoine dort et il a tué mon mari. Mon mari est mort. Alex est mort. Mais qui est mort au fond ? Le prof de volley qui m'a embrassée un soir en rentrant du club alors que je n'avais que quatorze ans ? L'homme qui malgré tout a voulu vivre avec moi comme un couple normal, légitime ? Celui qui m'a fait devenir adulte avant l'heure, qui m'a volé mon adolescence, avec mon accord ? Celui que je croyais aimer alors, avec qui je croyais vouloir passer ma vie ? Celui qui m'a fait l'amour pour la première fois alors que j'étais à peine sortie de l'enfance, alors que j'étais une enfant dans le fond, alors que j'étais une adolescente perdue dans les bras d'un homme de douze ans mon aîné ? Celui qui m'a imposé de garder mon enfant alors que je n'étais pas prête ? Celui qui m'a coupée de ce qui me restait de famille ? Celui qui est devenu un autre, une nouvelle version de lui-même, pire que la précédente, et qui m'a traitée comme sa chose, sa bonne, sa pute à domicile ? Qui est mort ? Le père de Gabi, même s'il ne le regardait qu'à peine ? Le vigile en costume noir qui se prenait pour un cow-boy ? Le dealer, le trafiquant, le proxénète ? Qui était Alex au fond ? Sept ans sous sa coupe, dans son ombre, dans ses bras, sous ses coups et je n'ai jamais vraiment su. Jamais vraiment su de qui je croyais être tombée amoureuse à quatorze ans alors que je n'étais qu'une enfant perdue. Par qui je m'étais laissé embrasser, baiser, ravir, mettre enceinte, enfermer, couper du monde, insulter, dominer, frapper.

Alex est mort et je ne sais pas ce que ça me fait. J'ai l'impression d'écrire ça à longueur de pages. Je ne sais pas ce que je pense. Je ne sais pas ce que ça me fait. Ce que je sais par contre, c'est que j'ai peur pour Antoine. Que je suis morte de peur, même. Peur pour Gabi. Peur pour moi. On est dans cet hôtel. On se cache sans savoir si on nous cherche. En France, oui, on nous cherche. C'est sûr. Et je me demande si nous pourrons y retourner un jour. Et je me demande combien de temps nous allons pouvoir tenir ici. Lise n'a pas beaucoup d'argent. Ça fait des mois qu'elle ne travaille plus. Elle ne touche même plus le chômage. Et puis pourquoi continuerait-elle, au-delà des jours qui viennent, à subvenir à nos besoins. Nous conduire dans sa voiture. Payer les repas. L'hôtel. En fin d'après-midi, elle nous a acheté des vêtements à tous les trois. Pourquoi elle fait ça ? Pourquoi aide-t-elle une fille perdue qu'elle connaît à peine, une fille avec un enfant qui a fui son domicile ? Pourquoi aide-t-elle son frère, un frère qui lui a pris la vie de son enfant, au moins par négligence, un frère qu'elle avait rayé de sa vie ?

L'hôtel donne sur la place de la photo. Depuis que nous y sommes je guette à la fenêtre. Je scrute les passants. À la recherche de ma sœur. De ce foutu Paolo Immobile qui n'en finit plus de ne pas répondre à mes messages. Dans le dernier, je lui ai écrit : s'il te plaît, nous sommes à Gênes. Je lui ai donné le nom de l'hôtel. J'ai écrit : dis à ma sœur, dis à Jen de venir me voir. Au moins pour lui parler. Après toutes ces années sans nouvelles. Pouvoir la regarder. Lui prendre la main. L'écouter. Je t'ai effrayé en te demandant de l'aide. Mais je te jure que je ne lui demanderai rien. Je veux juste la voir tant que je suis ici. Demain je ne sais pas où je serai. Ni après. Je lui ai donné l'adresse de l'établissement. J'ai précisé qu'elle pourrait m'y rejoindre jusqu'à demain midi, puis sur la place jusqu'au soir. Je l'attendrais.

Antoine dort. Dans son sommeil il a repoussé le drap. Je détaille son corps mince. Son ossature légère. Ses muscles nerveux. Je me retiens de toucher sa peau. Je le regarde intensément. Pour le fixer dans ma mémoire. Comme si je savais, profondément, que j'étais sur le point de le perdre.

Ça s'est fini comme ça. Bêtement. Leila a écrit à Paolo Immobile pour dire à sa sœur où nous étions. C'est la seule chose qui leur manquait. Ils savaient déjà qu'elle était en Italie. À Gênes. Ils surveillaient sa messagerie en temps réel. Ils n'ont eu qu'à la cueillir. Et moi avec.

Ils ont débarqué à l'hôtel au petit matin. Ils croyaient ne trouver qu'elle. Ils ont enfoncé la porte de la chambre et bim, c'était cadeau, ça tombait du ciel, les deux personnes qu'ils recherchaient étaient là, endormies, enlacées. Ils nous ont embarqués. Lise était dans le couloir quand nous avons quitté la chambre, menottés. Je crois que Gabi dormait encore. Elle nous a fait signe qu'elle s'occupait de lui. Qu'il ne fallait pas qu'on s'en fasse. On nous a poussés dans les escaliers, fait traverser le hall de l'hôtel sous le regard médusé des autres clients. Puis nous sommes sortis sur la place où stationnaient trois camions de police, et cinq ou six bagnoles de plus. Des tas de flics en armes étaient postés un peu partout. Putain, ils avaient fait les choses en grand. Comme si on était de dangereux criminels. Un peu plus loin, massés derrière des barrières, une petite foule de curieux nous observaient. Parmi eux, Leila a reconnu sa sœur. Elle avait fini par venir. Mais trop tard. Elle semblait effarée. Dévastée.

Dans le fourgon, au poste de police, j'ai tout balancé. Tout avoué. J'ai dit Leila n'a rien à voir là-dedans. C'est moi. Moi qui me suis battu avec Alex. Moi qui l'ai balancé à la mer. J'ai expliqué notre fuite et ses raisons. Mais ils s'en foutaient. Ils répétaient juste : vous raconterez tout ça à la police française.

Leila, de son côté, ne disait rien. Elle était en état de choc. Abasourdie. Elle pleurait en continu. Le seul mot qui sortait de sa bouche c'était : Gabi. Je lui répétais ne t'inquiète pas, Lise est avec lui. Elle va le ramener en France. Elle va s'en occuper, le temps que tu sortes. Qu'on te libère. Je disais ça mais je n'en savais rien. J'étais perdu moi aussi. Je n'avais aucune idée de la façon dont Lise allait gérer la situation. Mais la suite m'a donné raison. J'avais vu juste. Lise a ramené Gabi chez nous. Sur la route elle a prévenu mes parents. Leur a tout raconté. Et à son arrivée ils étaient là à l'attendre. Lise s'est installée dans sa chambre. Gabi dans la mienne. Et mes parents ont pris soin d'eux comme ils le pouvaient. Régulièrement, mon père appelait la police pour savoir où les choses en étaient. Les flics ont été réglo. Les ont tenus informés. Notre transfert en France. Les interrogatoires. Lise a été convoquée. Mon père aussi. Ils ont tout raconté. Tout confirmé. Le témoin m'a identifié. Il a confirmé que j'étais seul ce jour-là. Leila a été relâchée sous caution. Mes parents ont payé. Et j'ai échoué en centre de détention. En attendant le procès. Qui est pour bientôt. Encore deux semaines à tenir.

Ça fait déjà deux mois que je suis ici. Maison d'arrêt de Draguignan. Leila vient me voir deux ou trois fois par semaine. Lise de temps en temps. Mes parents aussi. Les autres détenus trouvent que j'ai de la chance, d'être aussi entouré. D'avoir autant de visites. Mais à leurs yeux c'est mérité. Ils sont tous au courant ici. Et ils respectent ce que j'ai fait. M'enfuir avec Leila. La sortir de l'emprise de ce mec qui la traitait mal. Finir par régler son compte à cet enfoiré quand il nous avait retrouvés. À leurs yeux je suis un juste. Un vrai bonhomme. Avec des valeurs. Du courage. Des couilles grosses comme ça. Je ne les détrompe pas. Les laisse penser ce qu'ils veulent. Tant que ça me vaut leur respect. Qu'on me fout la paix. Pour la plupart, ce sont des petites frappes. Ils sont là parce qu'ils dealent, qu'ils trafiquent. Ou pour violences conjugales. C'est ça le paradoxe. Ils me respectent parce que j'ai tué un type dans leur genre. Alors j'évite de leur dire que je ne suis pas celui qu'ils croient. Que tout s'est enchaîné malgré moi. Juste parce que j'avais flashé sur une meuf maquée au Pôle emploi. Que se tirer avec elle, c'était plus une opportunité qu'un sauvetage. Que j'avais surtout pensé à ma gueule dans cette histoire. Que la mort d'Alex, c'était juste un accident. Un concours de circonstances. De la légitime défense au maximum.

Les journées sont longues ici. À part les visites et la promenade, il n'y a rien à faire sinon glander dans sa cellule. Mon voisin de lit n'est pas du genre bavard. Il passe son temps à lire le Coran en marmonnant. Moi aussi je bouquine. Mais pas le même genre de littérature. La bibliothèque est pas terrible. Mais je fais avec.

Le reste du temps j'écris des histoires que j'invente. La mienne aussi quand j'ai le courage. Même s'il n'y a pas grand-chose à raconter dans le fond. J'essaie aussi de rassembler mes souvenirs. Tous ceux que je garde d'Enzo. Depuis sa naissance jusqu'à sa mort un jour d'automne, sur le parking d'un centre commercial, sous les roues d'un putain de SUV. J'écris aussi notre histoire à Leila et moi. Le jour où Alex m'a suivi dans le parc et m'a défoncé la gueule. Et tout ce qui a suivi. Et puis je pense. À Leila. À Gabi. À Lise. À mes parents. Tous rassemblés depuis des semaines dans « la maison rose », entourés de roches rouges, la mer à perte de vue depuis la terrasse. J'essaie d'imaginer la vie qu'ils mènent en attendant le procès. Leila qui doit pointer régulièrement au commissariat. Les rendez-vous avec mon avocat. La vie qui s'organise à la maison. Ma mère qui prépare les repas. Mon père qui fait les courses. Les après-midi sur la plage. Les balades. Des vacances qui n'en finissent pas. Des vacances avec une boule dans la gorge. Des vacances avec le ventre tordu. Je pense à eux et à leur vie que j'ai gâchée une fois de plus. Des fois je peux pas croire qu'ils soient encore là pour moi après tout ce que je leur ai fait subir. Mes parents. Lise. Je peux pas croire qu'ils soient là. À venir me voir dès qu'ils peuvent. À me payer un avocat balèze. À s'occuper de Leila, et de Gabi. Gabi. La rentrée approche. Il va aller à l'école. Difficile à croire. Difficile de se figurer à quoi la vie peut ressembler dans sa petite tête. Son père mort. Et tous ces gens autour de lui, qui le couvent, le protègent, essaient de le distraire, de le rendre heureux. Tous ces gens. Mes parents. Lise. La famille de l'assassin de son père.

Le procès approche. L'avocat semble confiant. Le témoin a confirmé qu'il s'agissait d'une altercation qui avait mal tourné. Que c'est Alex qui s'était jeté sur moi d'abord. Leila a raconté leur histoire. Lise a donné sa version des faits. Mes parents aussi. Personne n'a menti. On s'est tous contentés de raconter les choses comme elles se sont passées. Bien sûr, à part Leila, personne ne pense sérieusement que je vais échapper à la tôle. Surtout pas moi. On n'en est pas là. On se contente d'espérer que la peine soit la plus clémente possible. Que ceux qui me jugeront tiendront compte du contexte, me trouveront des circonstances atténuantes. Je ne suis pas sûr d'en mériter. La vérité, c'est que je m'attends à payer. Pas pour ce que j'ai fait à Alex. Mais pour autre chose. Pour Enzo, je suppose. Pour le chagrin que j'ai causé à ma sœur. Ça pouvait pas continuer comme ça. J'avais merdé. Il fallait que je paie. C'est peut-être tordu mais c'est comme ça que je vois les choses. Ma version de la justice. Ou du karma.

J'inaugure un nouveau carnet. Le précédent est plein. C'est Lise qui me l'a offert, quand celui que m'avait donné Antoine a été rempli lui aussi. J'écris tous les jours. Je consigne tout. Chaque heure, le moindre événement. Même banal. Même sans importance. Je fais ça pour Antoine. Pour qu'il les lise quand il sortira. Qu'il rattrape le temps perdu. Qu'il sache que j'ai pensé à lui tous les jours. Qu'il est avec moi tout le temps. Avec nous. Entre nous.

J'écris le soir, quand Gabi dort. Tandis que Lise, le plus souvent, lit, installée sur le canapé du salon. J'écris aussi pendant les pauses. Sur la terrasse de l'hôtel. Ça fait marrer Yann, de me voir griffonner comme ça. T'écris un roman d'amour ? il me demande, avec son air un peu con. Je hausse les épaules. Il est un peu débile dans son genre mais pas méchant. C'est grâce à lui que j'ai été embauchée à l'hôtel. L'ironie, c'est que j'ai pris le boulot d'Antoine. Yann m'a chaudement recommandée au patron. Il s'en voulait tellement d'avoir « donné » Antoine, comme il dit. Il voulait se rattraper.

Lise se lève pour changer de disque. Elle est crevée elle aussi. Elle a bossé toute la journée. Et après sa journée, comme toujours, après avoir fait un stop à l'appartement, elle a repris la voiture pour se garer près de la maison rose. Et puis elle a grimpé le sentier jusqu'au bosquet de mimosas et d'eucalyptus tout là-haut. Là où Enzo, certains jours, lui fait signe. Aujourd'hui il n'y a rien eu. Elle n'a rien senti. Mais elle ne s'en fait pas. Il sera là demain. Ou après-demain. Alors elle a refait la route en sens inverse. Et a regagné notre « maison », où je l'attendais, avec Gabi, un peu énervé comme toujours après sa journée d'école.

Ça fait six mois jour pour jour que nous habitons ici. Lise a vendu son appartement en banlieue parisienne. J'ai résilié le bail du mien. Récupéré mes affaires. Refourgué le reste à un brocanteur. Tout s'est fait très vite. Et nous avons pu, enfin, Lise a pu, louer celui-là, dans cette petite résidence à quelques rues de la plage. On y est bien. Bien sûr on ne voit pas la mer mais elle est à deux pas. On peut aller à l'école à pied. L'hôtel n'est qu'à dix minutes en voiture. Et le boulot de Lise à Cannes à moins d'une demi-heure. Elle s'occupe de la communication pour un palace sur la Croisette. Dans quelques semaines, ce sera le Festival. Alors bien sûr en ce moment elle croule sous le boulot. Même si je ne sais pas très bien en quoi ça consiste. Tout ce que je sais, c'est que c'est assez drôle au final, qu'on se retrouve toutes les deux à bosser pour des hôtels de luxe. Qu'on se retrouve toutes les deux à vivre ensemble et à nous occuper de Gabi. Ça jase un peu à l'école. Surtout que Gabi persiste à appeler Lise sa « deuxième maman ». On nous prend pour des lesbiennes. Mais on s'en fout. Qu'est-ce que ça pourrait faire si c'était vrai ? Si ça dérange des gens, tant pis pour eux. Ils ont qu'à être moins cons.

Demain j'irai voir Antoine. Il tient bon. Je ne sais pas combien de temps ça durera mais pour l'instant il tient bon. Il me manque. Je lui manque. Gabi lui manque. La vie lui manque. Je lui dis qu'il faut être patient mais c'est plus facile pour moi. Je suis libre. J'ai mon fils. J'ai Lise. J'ignore pourquoi elle continue à en faire autant pour nous. Pourquoi elle a vendu son appart. A loué celui-ci pour nous trois. Ce qu'elle fera quand Antoine sortira. Mais pour le moment elle est là, avec nous. Et ça fonctionne. On se serre les coudes. On se console. On s'entend bien. Et c'est mieux pour Gabi, je crois. Tous les jours il me demande combien de temps il reste. Dans combien de temps Antoine pourra sortir. Je lui réponds la vérité. On ne sait pas. Le premier procès n'a servi à rien. L'affaire a été renvoyée en cour d'assises. J'essaie de lui expliquer avec les mots les plus simples possible que ce sont des gens comme tout le monde, choisis au hasard, qui décideront. Qu'il s'agira de déterminer si Antoine a tué Alex en état de légitime défense. Pour se protéger. Si sa défense a été « proportionnée ». Je ne suis pas sûre que Gabi comprenne grand-chose à tout ça. C'est souvent difficile, même pour moi. Les subtilités du droit. Et leurs énormes conséquences. Dans un cas il est relaxé. Dans l'autre il en prend pour vingt ans. Peut-être dix avec les réductions de peine. Les circonstances atténuantes. Le contexte.

Une vie. Sa vie. C'est de ça, pas moins, que décideront les jurés. Dans deux mois maintenant. Mais je ne veux pas y penser. Je me contente d'espérer et de mener ma vie comme s'il allait sortir. Au début de l'été si tout va bien. Je me contente de vivre chaque jour comme il se présente. D'amener Gabi à l'école. De travailler à l'hôtel. De retrouver Lise le soir. De partager un peu de temps avec les parents d'Antoine, quand ils viennent. Une fois par mois en moyenne. Pour voir leur fils. Ils ont pris cent ans ces temps-ci. Semblent perdus. Parfois je sens qu'ils m'en veulent. Qu'ils me tiennent pour responsable. Si seulement Antoine ne m'avait pas rencontrée. Rien de tout cela ne serait arrivé. J'ai parfois l'envie de leur crier que je le sais parfaitement. Que j'en crève de l'avoir entraîné avec moi dans toute cette merde. D'avoir gâché sa vie. Mais je sais que ça ne servirait à rien. Comme il ne sert à rien de ressasser tout ça. Les causes. Les conséquences. L'enchaînement des événements. C'est ce que je répète à Jen. Elle s'en veut tellement elle aussi. De ne pas avoir répondu tout de suite quand je l'ai contactée alors que nous étions à Gênes. Parce qu'elle hésitait à me voir. Qu'elle était écartelée entre l'envie de me retrouver et la peur que ça lui inspirait. Peur d'avoir à se justifier. Peur de tout ce que ça ferait remonter en elle. Ces souvenirs enfouis. Cette vie ancienne dont elle avait fini par se sortir tout à fait en l'enterrant. Depuis ce jour où elle nous a vus sortir de l'hôtel escortés par la police italienne, menottés, nous nous sommes vues à plusieurs reprises. Elle a fait la connaissance de Gabi. De Lise. J'ai fait celle de Paolo. De Lubna. Nous avons refait connaissance elle et moi. Tant d'années avaient passé. Nous avions vécu tant de choses chacune de notre côté. Pour l'essentiel, c'est de ça que nous avons parlé. Des années passées sans se voir. De ce qui nous était arrivé. Une seule fois nous avons parlé de l'appartement. Des parents. De notre chambre aux lits superposés. De la fenêtre que nous fixions en parlant de partir loin. Une seule fois nous avons parlé de ces nuits où mon père entrait dans la chambre et se glissait dans son lit. Et je lui ai demandé de me pardonner. De n'avoir pas vu. Pas compris. Même des années plus tard. Elle m'a demandé pardon en retour. Comment avait-elle pu me laisser seule avec eux ? Avec lui. À sa merci. J'ai tenté de l'apaiser. Il ne m'était rien arrivé. Un autre homme s'était chargé de me faire du mal.

Je regarde au-dehors. La nuit est belle. Le ciel étoilé. Par la fenêtre me parvient le doux ressac de la mer. Il fait doux. Un peu partout on entend des verres tinter. Des rires. Lise lève les yeux quelques instants de son roman, me sourit, boit une gorgée de vin. Dans sa chambre remplie de jouets et de livres, Gabi rêve en ronflant légèrement, les cheveux collés au front par la sueur. À quelques kilomètres d'ici, dans sa cellule, Antoine doit chercher le sommeil. Ou bien il est comme moi en train d'écrire. Ces derniers temps il raconte notre histoire. Pour personne. Pour lui-même. Il la raconte depuis le jour où tout a dérapé. Celui où Alex est venu le trouver dans ce parc. Il est presque arrivé au bout. Des fois je me dis que pour le juger vraiment, pour vraiment comprendre, il faudrait que les jurés puissent lire ce que contiennent ces pages noircies dans le cœur de la nuit, le long des jours enfermés. Notre histoire. On pourrait y ajouter les pages de mon carnet. Alors, peut-être, seraient-ils en mesure de juger. De comprendre. De pardonner.

Ou non. Mais ce serait plus équitable qu'un procès, mené par des juges, des procureurs, des avocats, des témoins.

Oui, ça suffirait en un sens.

Pour porter un jugement véritable, un jugement juste.

Son récit.

Mêlé au mien.

Mais ça, personne ne le lira jamais.

La photocomposition de cet ouvrage
a été réalisée par
GRAPHIC HAINAUT
30, rue Pierre Mathieu
59410 Anzin

Imprimé en France par CPI
en avril 2021
N° d'impression : 3042982

Pocket – 92 avenue de France, 75013 PARIS

S31559/01